要怎么收获，
先那么栽

胡适——著

北京时代华文书局

图书在版编目（CIP）数据

要怎么收获，先那么栽 / 胡适著. -- 北京：北京时代华文书局，2020.6
（轻经典系列 / 陈丽杰主编）
ISBN 978-7-5699-3673-5

Ⅰ. ①要… Ⅱ. ①胡… Ⅲ. ①散文集－中国－现代 Ⅳ. ①I266

中国版本图书馆CIP数据核字（2020）第061214号

轻经典系列
QING JINGDIAN XILIE

要怎么收获，先那么栽
YAO ZENME SHOUHUO XIAN NAME ZAI

著　　者｜胡　适
出 版 人｜陈　涛
选题策划｜陈丽杰
责任编辑｜袁思远
执行编辑｜仇云卉
责任校对｜张彦翔
封面设计｜艾墨淇
版式设计｜段文辉
责任印制｜訾　敬

出版发行｜北京时代华文书局 http://www.bjsdsj.com.cn
　　　　　北京市东城区安定门外大街138号皇城国际大厦A座8楼
　　　　　邮编：100011　电话：010－64267955　64267677

印　　刷｜河北京平诚乾印刷有限公司　010－60247905
　　　　　（如发现印装质量问题，请与印刷厂联系调换）

开　　本｜880mm×1230mm　1/32　印　张｜6　字　数｜180千字
版　　次｜2021年6月第1版　　　印　次｜2021年6月第1次印刷
书　　号｜ISBN 978-7-5699-3673-5
定　　价｜42.00元

版权所有，侵权必究

目录 CONTENTS

一 我的亲友

九年的家乡教育 / 002
我与汪长禄先生的书信往来 / 018
追悼志摩 / 024
杜威先生与中国 / 032

二 心灵自述

我的歧路 / 036
我们对于西洋近代文明的态度 / 041
我的信仰 / 054
归国杂感 / 077
介绍我自己的思想 / 084

三 人生感悟

新生活——为《新生活》杂志第一期做的/ *100*

请大家来照照镜子/ *103*

容忍与自由/ *111*

四 文学小品

漫游的感想/ *118*

差不多先生传/ *132*

庐山游记（节选）/ *134*

中国爱国女杰王昭君传/ *140*

胡适诗歌欣赏/ *145*

五 告诉年轻人的话

读书/ *150*

文学改良刍议/ *159*

少年中国之精神/ *170*

中学生的修养与择业/ *175*

赠予今年的大学毕业生/ *183*

一

我的亲友

九 年 的 家 乡 教 育

我生在光绪十七年十一月十七日（一八九一年十二月十七），那时候我家寄住在上海大东门外。我生后两个月，我父亲被台湾巡抚邵友濂奏调往台湾；江苏巡抚奏请免调，没有效果。我父亲于十八年二月底到台湾，我母亲和我搬到川沙住了一年。十九年（一八九三）二月二十六日我们一家（我母、四叔介如、二哥、三哥）也从上海到台湾。我们在台南住了十个月。十九年五月，我父亲做台东直隶州知州，兼统镇海后军各营。台东是新设的州，一切草创，故我父不带家眷去。到十九年底，我们才到台东。我们在台东住了整一年。

甲午（一八九四）中日战事开始，台湾也在备战的区域，恰好介如四叔来台湾，我父亲便托他把家眷送回徽州故乡，保留二哥跟着他在台东。我们于乙未年（一八九五）正月离开台湾，二月初十日从上海起程回绩溪故乡。

那年四月，中日和议成，把台湾割让给日本。台湾绅民反对割台，要求巡抚唐景松坚守。唐景松请西洋各国出来干涉，各国不允。台人公请唐为台湾民主国大总统，帮办军务刘永福为主军大总统。我父亲在台东办后山的防务，电报已不通，饷源已断绝。那时他已得脚气病，左脚已不能行动，他守到闰五月初三日，始离开后山。到安平时，刘永福苦苦留他帮忙，不肯放行。到六月二十五日，他双脚都不能动了，刘永福始放他行。六月二十八到厦门，手足俱不能动了。七月初三日他死在厦门，成为东亚第一个民主国的第一个牺牲者！

这时候我只有三岁零八个月，我仿佛记得我父死信到家时，我母亲正在家中老屋的前堂，她坐在房门口的椅子上。她听见读信人读到我父亲的死信，身子往后一倒，连椅子倒在房门槛上。东边房门口坐的珍伯母也放声大哭起来，一时满屋都是哭声，我只觉得天地都翻覆了！我只仿佛记得这一点凄惨的情状，其余都不记得了。

我父亲死时，我母亲只有二十三岁。我父初娶冯氏，结婚不久便遭太平天国之乱，同治二年（一八六三）死在兵乱里。次娶曹氏，生了三个儿子、三个女儿，死于光绪四年（一八七八）。

我父亲因家贫，又有志远游，故久不续娶。到光绪十五年（一八八九），他在江苏候补，生活稍稍安定，他才续娶我的母亲，我母亲结婚后三天，我的大哥也娶亲了。那时我的大姐已出嫁生了儿子。大姐比我母亲大七岁。大哥比她大两岁。二姐是从小抱给人家的。三姐比我母亲小三岁，二哥、三哥（孪生的）比她小四岁。这样一个家庭里忽然来了一个十七岁的后母，她的地位自然十分困难，她的生活自然免不了苦痛。

结婚后不久，我父亲把她接到了上海同住。她脱离了大家庭的痛苦，我父又很爱她，每日在百忙中教她认字读书，这几年的生活是很快乐的。我小时也很得我父亲钟爱，不满三岁时，他就把教我母亲的红纸方字教我认。父亲作教师，母亲便在旁做助教。我认的是生字。她便借此温她的熟字。他太忙时，她就是代理教师。我们离开台湾时，她认得了近千字。我也认了七百多字，这些方字都是我父亲亲手写的楷字。我母亲终身保存着，因为这些方块红笺上都是我们三个人的最神圣的团居生活的纪念。

我母亲二十三岁就做了寡妇，从此以后，又过了二十三年。这二十三年的生活真是十分苦痛的生活，只因为还有我这一点骨血，她含辛茹苦，把全副希望寄托在我的渺茫不可知的将来，这一点希望居然使她挣扎着活了二十三年。

我父亲在临死之前两个多月，写了几张遗嘱，我母亲和四个儿子每人各有一张，每张只有几句话。给我母亲的遗嘱上说穈儿（我的名字叫嗣穈，穈字音门）天资颇聪明，应该令他读书。给我的遗嘱也教我努力读书上进。这寥寥几句话在我的一生很有重大的影响。

我十一岁的时候，二哥和三哥都在家，有一天我母亲问他们道："穈今年十一岁了。你老子叫他念书。你们看看他念书念得出吗？"二哥不曾开口，三哥冷笑道："哼，念书！"二哥始终没有说什么。我母亲忍气坐了一会，回到了房里才敢掉眼泪。她不敢得罪他们，因为一家的财政权全在二哥的手里，我若出门求学是要靠他供给学费的。所以她只能掉眼泪，终不敢哭。

但父亲的遗嘱究竟是父亲的遗嘱，我是应该念书的。况且我小时很聪明，四乡的人都知道三先生的小儿子是能够念书的。所以隔了两年，三哥往上海医肺病，我就跟他出门求学了。

我在台湾时，大病了半年，故身体很弱。回家乡时，我号称五岁了，还不能跨一个七八寸高的门槛。但我母亲望我念书的心很切，故到家的时候，我才满三岁零几个月，就在我四叔父介如先生（名玑）的学堂里读书了。我的身体太小，他们抱我坐在一只高凳子上面。我坐上了就爬不下来，还要别人抱下来。但我在学堂并不算最低级的学生。因为我进学堂之前已认得近一千字了。

因为我的程度不算"破蒙"的学生，故我不须念《三字经》《千字文》《百家姓》《神童诗》一类的书。我念的第一部书是我父亲自己编的一部四言韵文，叫作《学为人诗》，他亲笔抄写了给我的。这部书说的是做人的道理。我把开头几行抄在这里：

为人之道，在率其性。
子臣弟友，循理之正；
谨乎庸言，勉乎庸行；
以学为人，以期作圣。

以下分说五伦。最后三节，因为可以代表我父亲的思想。我也抄在这里：

五常之中，不幸有变，名分攸关，不容稍紊。
义之所在，身可以殉。
求仁得仁，无所尤怨。
古之学者，察于人伦，因亲及亲，九族克敦；因爱推爱，万物同仁。
能尽其性，斯为圣人。
经籍所载，师儒所述，为人之道，非有他术：穷理致知，返躬践实，黾勉于学，守道勿失。

我念的第二部书也是我父亲编的一部四言韵文，名叫《原学》，是一部略述哲理的书。这两部书虽是韵文，先生仍讲不了，我也懂不了。

我念的第三部书叫做《律诗六钞》，我不记得是谁选的了。三十多年来，我不曾重见这部书，故没有机会考出此书的编者；依我的猜测，似是姚鼐的选本，但我不敢坚持此说。这一册诗全是律诗，我读了虽不懂得，却背得很熟。至今回忆，却完全不记得了。

我虽不曾读《三字经》等书，却因为听惯了别的小孩子高声诵读，我也能背这些书的一部分，尤其是那五七言的《神童诗》，我差不多能从头背到底。这本书后面的七言句子，如：人心曲曲湾湾水，世事重重叠叠山。

我当时虽不懂得其中的意义，却常常嘴上爱念着玩，大概也是因为喜欢那些重字双声的缘故。

我念的第四部书以下，除《诗经》，就都是散文的了。我依诵读的次序，把这些书名写在下面：

（4）《孝经》。
（5）朱子的《小学》，江永集注本。
（6）《论语》。以下四书皆用朱子注本。
（7）《孟子》。
（8）《大学》与《中庸》。（《四书》皆连注文读）
（9）《诗经》，朱子《集传》本。（注文读一部分）
（10）《书经》，蔡沈注本。（以下三书不读注文）
（11）《易经》，朱子《本义》本。
（12）《礼记》。

读到了《论语》的下半部,我的四叔父介如先生选了颍州府阜阳县的训导,要上任去了,就把家塾移交给族兄禹臣先生(名观象)。四叔是个绅董,常常被本族或外村请出去议事或和案子;他又喜欢打纸牌(徽州纸牌,每副一百五十五张),常常被明达叔公、映基叔、祝封叔、茂张叔等人邀出去打牌。所以我们的功课很松,四叔往往在出门之前,给我们"上一进书",叫我们自己念;他到天将黑时,回来一趟,把我们的习字纸加了圈,放了学,才又出门去。

四叔的学堂里只有两个学生,一个是我,一个是四叔的儿子嗣秫,比我大几岁。嗣秫承继给瑜婶。(星五伯公的二子,珍伯、瑜叔,皆无子,我家三哥承继珍伯,秫哥承继瑜婶。)她很溺爱他,不肯管束他,故四叔一走开,秫哥就溜到灶下或后堂去玩了。(他们和四叔住一屋,学堂在这屋的东边小屋内。)我的母亲管的严厉,我又不大觉得念书是苦事,故我一个人坐在学堂里温书念书,到天黑才回家。

禹臣先生接收家塾后,学生就增多了。先是五个,后来添到十多个,四叔家的小屋不够用了,就移到一所大屋——名叫来新书屋——里去。

最初添的三个学生,有两个是守瓒叔的儿子,嗣昭、嗣逵。嗣昭比我大两三岁。天资不算笨,却不爱读书,最爱"逃学",我们土话叫做"赖学"。他逃出去,往往躲在麦田或稻田里,宁可睡在田里挨饿,却不愿念书。先生往往差嗣秫去捉;有时候,嗣昭被捉回来了,总得挨一顿毒打;有时候,连嗣秫也不回来了,——乐得不回来了,因为这是"奉命差遣",不算是逃学!

我常觉得奇怪,为什么嗣昭要逃学?为什么一个人情愿挨饿、挨打,挨大家笑骂,而不情愿念书?后来我稍懂得世事,才明白了。瓒叔自小在江西做生意，后来在九江开布店，才娶妻生子；一家人都说江西话。回家乡时，嗣昭弟兄都不容易改口音；说话改了，而嗣昭念书常带江西音，常常因此吃戒方或吃"作瘤栗"。（钩起五指，打在头上，常打起瘤子，故叫做"作瘤栗"。）这是先生不原谅，难怪他不愿念书。

还有一个原因。我们家乡的蒙馆学金太轻，每个学生每年只送两块银元。先生对于这一类学生，自然不肯耐心教书，每天只教他们念死书，背死书，从来不肯为他们"讲书"。小学生初念有韵的书，也还不十分叫苦。后来念《幼学琼林》《四书》一类的散文，他们自然毫不觉得有趣味，因为全不懂得书中说的是什么。因为这个缘故，许多学生常常赖学；先有嗣昭，后来有个士祥，都是有名的"赖学胚"。他们都属于这每年两元钱的阶级。因为逃学，先生生了气，打得更利害。越打得利害，他们越要逃学。

我一个人不属于这"两元"的阶级。我母亲渴望我读书，故学金特别优厚，第一年就送六块钱，以后每年增加，最后一年加到十二元，这样的学金，在家乡要算"打破纪录"的了。我母亲大概是受了我父亲的叮嘱，她嘱托四叔和禹臣先生为我"讲书"：每读一字，须讲一字的意思；每读一句，须讲一句的意思。我先已认得了近千个"方字"；每个字都经过父亲的讲解，故进学堂之后，不觉得艰苦。念的几本书虽然有许多是乡里先生讲不明白的，但每天总遇着几句可懂的话。

我最喜欢朱子《小学》里的记述古人行事的部分，因为那些部分最容易懂得，所以比较最有趣味。同学之中有念《幼学琼林》的，我常常帮他们的忙，教他们不认得的生字，因此常常借这些书看；他们念大字，我却最爱看《幼学琼林》的小注，因为注文中有许多神话和故事，比《四书》、《五经》有趣味多了。

有一天，一件小事使我忽然明白我母亲增加学金的大恩惠。一个同学的母亲来请禹臣先生代写家信给她的丈夫；信写成了，先生交她的儿子晚上带回家去。一会儿，先生出门去了，这位同学把家信抽出来偷看。他忽然过来问我道："糜，这信上第一句'父亲大人膝下'是什么意思？"他比我只小一岁，也念《四书》，却不懂"父亲大人膝下"是什么！这时候，我才明白我是一个受特别待遇的人，因为别人每年出两块钱，我去年却送十块钱。我一生最得力的是讲书，父亲母亲为我讲方字，两位先生为我讲书。念古文而不讲解，等于念"揭谛揭谛，波罗揭谛"，全无用处。

当我九岁时，有一天我在四叔家东边小屋里玩耍。这小屋前面是我们的学堂，后边有一间卧房，有客来便住在这里。这一天没有课，我偶然走进那卧房里去，偶然看见桌子下一只美孚煤油板箱里的废纸堆中露出一本破书。我偶然捡起了这本书，两头都被老鼠咬坏了，书面也扯破了，但这一本破书忽然为我开辟了一个新天地，忽然在我的儿童生活史上打开了一个新鲜的世界！

这本破书原来是一本小字木板的《第五才子》，我记得很清楚，开始便是"李逵打死殷天锡"一回。我在戏台上早已认得李逵是谁了，便站在那只美孚破板箱边，把这本《水浒传》残本一口气看完了。不看尚可，看了之后，我的心里很不好过：这一本的前面是些什么？后面是些什么？这两个问题，我都不能回答，却最急要一个回答。

我拿了这本书去寻我的五叔。因为他最会"说笑话"（"说笑话"就是"讲故事"，小说书叫做"笑话书"），应该有这种笑话书。不料五叔竟没有这书，他叫我去寻宋焕哥。宋焕哥说："我没有《第五才子》，我替你去借一部；我家中有部《第一才子》，你先拿去看，好吗？"《第一才子》便是《三国演义》,他很郑重的捧出来,我很高兴的捧回去。

后来我居然得着《水浒传》全部。《三国演义》也看完了。从此以后,我到处去借小说看。五叔、宋焕哥,都帮了我不少的忙。三姐夫(周绍瑾)在上海乡间周浦开店,他吸鸦片烟,最爱看小说书,带了不少回家乡;他每到我家来,总带些《正德皇帝下江南》《七剑十三侠》一类的书来送给我。这是我自己收藏小说的起点。我的大哥(嗣稼)最不长进,也是吃鸦片烟的,但鸦片烟灯是和小说书常做伴的,——五叔、宋焕哥、三姐夫都是吸鸦片烟的,——所以他也有一些小说书。大嫂认得一些字,嫁妆里带来了好几种弹词小说,如《双珠凤》之类。这些书不久都成了我的藏书的一部分。

三哥在家乡时多;他同二哥都进过梅溪书院,都做过南洋公学的师范生,旧学都有根底,故三哥看小说很有选择。我在他书架上只寻得三部小说:一部《红楼梦》,一部《儒林外史》,一部《聊斋志异》。二哥有一次回家,带了一部新译出的《经国美谈》,讲的是希腊的爱国志士的故事,是日本人做的。这是我读外国小说的第一步。

帮助我借小说最出力的是族叔近仁,就是民国十二年和顾颉刚先生讨论古史的胡堇人。他比我大几岁,已"开笔"做文章了,十几岁就考取了秀才。我同他不同学堂,但常常相见。成了最要好的朋友。他天才很高,也肯用功,读书比我多,家中也颇有藏书。他看过的小说,常常借给我看。我借到的小说,也常借给他看。我们两人各有一个小手折,把看过的小说都记在上面,时时交换比较,看谁看的书多,这两个折子后来都不见了。但我记得离开家乡时,我的折子上好像已有了三十多部小说了。

这里所谓"小说",包括弹词、传奇,以及笔记小说在内。《双珠凤》在内,《琵琶记》也在内;《聊斋》《夜雨秋灯录》《夜谭随录》《兰苕馆外史》《寄园寄所寄》《虞初新志》等等也在内。从《薛仁贵征东》《薛丁山征西》《五虎平西》《粉妆楼》一类最无意义的小说,到《红楼梦》和《儒林外史》一类的第一流作品,这里面的程度已是天悬地隔了。我到离开家乡时,还不能了解《红楼梦》和《儒林外史》的好处。但这一大类都是白话小说,我在不知不觉之中得了不少的白话散文的训练,在十几年后于我很有用处。

看小说还有一桩绝大的好处,就是帮助我把文字通顺了。那时候正是废八股诗文的时代,科举制度本身也动摇了。二哥、三哥在上海受了时代思潮的影响,所以不要我"开笔"做八股文,也不要我学做策论经义。他们只要先生给我讲书,教我读书。但学堂里念的书,越到后来,越不好懂了。《诗经》起初还好懂,读到《大雅》,就难懂了;读到《周颂》,更不可懂了。《书经》有几篇,如《五子之歌》,我读得很起劲;但《盘庚》三篇,我总读不熟。我在学堂九年,只有《盘庚》害我挨了一次打。后来隔了十多年,我才知道《尚书》有今文和古文两大类,向来学者都说古文诸篇是假的,今文是真的;《盘庚》属于今文一类,应该是真的,但我研究《盘庚》用的代名词最杂乱不成条理,故我总疑心这三篇书是后人假造的。有时候,我自己想,我的怀疑《盘庚》,也许暗中含有报那一个"作瘤栗"的仇恨的意味罢?

《周颂》《尚书》《周易》等书都是不能帮助我作通顺文字的。但小说书却给了我绝大的帮助。从《三国演义》读到《聊斋志异》和《虞初新志》,这一跳虽然跳的太远,但因为书中的故事实在有趣味,所以我能细细读下去。石印本的《聊斋志异》有圈点,所以更容易读,到我十二三岁时,已能对本家姐妹们讲说《聊斋》故事了。那时候,四叔的女儿巧菊,禹臣先生的妹子广菊、多菊,祝封叔的女儿杏仙,和本家侄女翠苹、定娇等,都在十五六岁之间;他们常常邀我去,请我讲故事。我们平常请五叔讲故事时,忙着替他点火,装旱烟,替他捶背。现在轮到我受人巴结了。我不用人装烟捶背,她们听我说完故事,总去泡炒米,或做蛋炒饭来请我吃。她们绣花做鞋,我讲《凤仙》《莲香》《张鸿渐》《江城》。这样的讲书,逼我把古文的故事翻译成绩溪土话,使我更了解古文的文理。所以我到十四岁来上海开始作古文时,就能做很像样的文字了。

我小时候身体弱,不能跟着野蛮的孩子们一块儿玩。我母亲也不准我和他们乱跑乱跳。小时不曾养成活泼游戏习惯,无论在什么地方,我总是文绉绉地。所以家乡老辈都说我"像个先生样子",遂叫我做"穈先生"。这个绰号叫出去之后,人都知道三先生的小儿子叫做穈先生了。即有"先生"之名,我不能不装出点"先生"样子,更不能跟着顽童们"野"了。有一天,我在我家八字门口和一班孩子"掷铜钱",一位老辈走过,见了我,笑道:"穈先生也掷铜钱吗?"我听了羞愧的面红耳热,觉得太失了"先生"身份!

大人们鼓励我装先生样子,我也没有嬉戏的能力和习惯,又因为我确是喜欢看书,故我一生可算是不曾享过儿童游戏的生活。每年秋天,我的庶祖母同我到田里去"监割"(顶好的田,水旱无忧,收成最好,佃户每约田主来监割,打下谷子,两家平分),我总是坐在小树下看小说。十一二岁时,我稍活泼一点,居然和一群同学组织了一个戏剧班,做了一些木刀竹枪,借得了几副假胡须,就在村口田里做戏。我做的往往是诸葛亮,刘备一类的文角儿;只有一次我做史文恭,被花荣一箭从椅子上射倒下去,这算是我最活泼的玩意儿了。

我在这九年（一八九五——一九〇四）之中，只学得了读书写字两件事。在文字和思想的方面，不能不算是打了一点底子。但别的方面都没有发展的机会。有一次我们村"当朋"（八都凡五村，称为"五朋"，每年一村轮着做太子会，名为"当朋"）筹备太子会，有人提议要派我加入前村的昆腔队里学习吹笙或吹笛。族里长辈反对，说我年纪太小，不能跟着太子会走遍五朋。于是我便失掉了学习音乐的唯一机会。

三十年来，我不曾拿过乐器，也全不懂音乐；究竟我有没有一点学音乐的天资，我至今不知道。至于学图画，更是不可能的事。我常常用竹纸蒙在小说书的石印绘像上，摹画书上的英雄美人。有一天，被先生看见了，挨了一顿大骂，抽屉里的图画都被搜出撕毁了。于是我又失掉了学做画家的机会。

但这九年的生活，除了读书看书之外，究竟给了我一点做人的训练。在这一点上，我的恩师便是我的慈母。

每天天刚亮时，我母亲便把我喊醒，叫我披衣坐起。我从不知道她醒来坐了多久了。她看我清醒了，便对我说昨天我做错了什么事，说错了什么话，要我认错，要我用功读书。有时候她对我说父亲的种种好处，她说："你总要踏上你老子的脚步。我一生只晓得这一个完全的人，你要学他，不要跌他的股。"（跌股便是丢脸出丑。）她说到伤心处，往往掉下泪来。到天大明时，她才把我的衣服穿好，催我去上早学。

学堂门上的锁匙放在先生家里；我先到学堂门口一望，便跑到先生家里去敲门。先生家里有人把锁匙从门缝里递出来，我拿了跑回去，开了门，坐下念生书，十天之中，总有八九天我是第一个去开学堂门的。等到先生来了,我背了生书,才回家吃早饭。

我母亲管束我最严,她是慈母兼任严父。但她从来不在别人面前骂我一句,打我一下,我做错了事,她只对我一望,我看见了她的严厉眼光,便吓住了。犯的事小,她等到第二天早晨我眠醒时才教训我。犯的事大,她等到晚上人静时,关了房门,先责备我,然后行罚,或罚跪,或拧我的肉。无论怎样重罚,总不许我哭出声音来,她教训儿子不是借此出气叫别人听的。

有一个初秋的傍晚,我吃了晚饭,在门口玩,身上只穿着一件单背心。这时候我母亲的妹子玉英姨母在我家住,她怕我冷了,拿了一件小衫出来叫我穿上。我不肯穿,她说:"穿上吧,凉了。"我随口回答:"娘(凉)什么!老子都不老子呀。"我刚说了这句话,一抬头,看见母亲从家里走出,我赶快把小衫穿上。但她已听见这句轻薄的话了。晚上人静后,她罚我跪下,重重的责罚了一顿。她说:"你没了老子,是多么得意的事!好用来说嘴!"她气得坐着发抖,也不许我上床去睡。

我跪着哭,用手擦眼泪,不知擦进了什么微菌,后来足足害了一年多的翳病。医来医去,总医不好。我母亲心里又悔又急,听说眼翳可以用舌头舔去,有一夜她把我叫醒,她真用舌头舔我的病眼。这是我的严师,我的慈母。

我母亲二十三岁做了寡妇,又是当家的后母。这种生活的痛苦,我的笨笔写不出一万分之一二。家中财政本不宽裕,全靠二哥在上海经营调度。大哥从小便是败子,吸鸦片烟、赌博,钱到手就光,光了便回家打主意,见了香炉便拿出去卖,捞着锡茶壶便拿出押。我母亲几次邀了本家长辈来，给他定下每月用费的数目。但他总不够用，到处都欠下烟债赌债。每年除夕我家中总有一大群讨债的，每人一盏灯笼，坐在大厅上不肯去。大哥早已避出去了。

大厅的两排椅子上满满的都是灯笼和债主。我母亲走进走出，料理年夜饭，谢灶神，发压岁钱等事，只当作不曾看见这一群人。到了近半夜，快要"封门"了，我母亲才走后门出去，央一位邻居本家到我家来，每一家债户发一点钱。做好做歹的，这一群讨债的才一个一个提着灯笼走出去。一会儿，大哥敲门回来了。我母亲从不骂他一句。并且因为是新年，她脸上从不露出一点怒色。这样的过年，我过了六七次。

大嫂是个最无能而又最不懂事的人，二嫂是个能干而气量很窄小的人。他们常常闹意见，只因为我母亲的和气榜样，他们还不曾有公然相骂相打的事。她们闹气时，只是不说话，不答话，把脸放下来，叫人难看；二嫂生气时，脸色变青，更是怕人。她们对我母亲闹气时，也是如此，我起初全不懂得这一套，后来也渐渐懂得看人的脸色了。

我渐渐明白，世间最可厌恶的事莫如一张生气的脸；世间最下流的事莫如把生气的脸摆给旁人看，这比打骂还难受。

我母亲的气量大，性子好，又因为做了后母后婆，她更事事留心，事事格外容忍。大哥的女儿比我只小一岁，她的饮食衣服总是和我的一样。我和她有小争执，总是我吃亏，母亲总是责备我，要我事事让她。

后来大嫂二嫂都生了儿子了，她们生气时便打骂孩子来出气，一面打，一面用尖刻有刺的话骂给别人听。我母亲只装作不听见。有时候，她实在忍不住了,便悄悄走出门去,或到左邻立大嫂家去坐一会,或走后门到后邻度嫂家去闲谈。她从不和两个嫂子吵一句嘴。

每个嫂子一生气,往往十天半个月不歇,天天走进走出,板着脸,咬着嘴,打骂小孩子出气。我母亲只忍耐着,到实在不可再忍的一天,她也有她的法子。这一天的天明时,她便不起床,轻轻地哭一场。她不骂一个人,只哭她的丈夫,哭她自己苦命,留不住她丈夫来照管她。她先哭时,声音很低,渐渐哭出声来。我醒了起来劝她,她不肯住。

这时候,我总听得见前堂(二嫂住前堂东房)或后堂(大嫂住后堂西房)有一扇房门开了,一个嫂子走出房向厨房走去。不多一会,那位嫂子来敲我们的房门了。我开了房门,她走进来,捧着一碗热茶,送到我母亲床前,劝她止哭,请她喝口热茶。我母亲慢慢停住哭声,伸手接了茶碗。那位嫂子站着劝一会,才退出去。

没有一句话提到什么人,也没有一个字提到这十天半个月来的气脸,然而各人心里明白,泡茶进来的嫂子总是那十天半个月来闹气的人。奇怪的很,这一哭之后,至少有一两个月的太平清静日子。

我母亲待人最仁慈、最温和,从来没有一句伤人感情的话;但她有时候也很有刚气,不受一点人格上的侮辱。我家五叔是个无正业的浪人,有一天在烟馆里发牢骚,说我母亲家中有事总请某人帮忙,大概总有什么好处给他。这句话传到了我母亲耳朵里,她气得大哭,请了几位本家来,把五叔喊来,她当面质问他,她给了某人什么好处。直到五叔当众认错赔罪,她才罢休。

我在我母亲的教训之下住了九年,受了她的极大极深的影响。我十四岁(其实只有十二零两三个月)便离开她了,在这广漠的人海里独自混了二十多年,没有一个人管束过我。如果我学得了一丝一毫的好脾气,如果我学得了一点点待人接物的和气,如果我能宽恕人、体谅人——我都得感谢我的慈母。

十九,十一,廿一夜。

我与汪长禄先生的书信往来

汪长禄先生来信：

昨天上午我同太虚和尚访问先生，谈起许多佛教历史和宗派的话，耽搁了一点多钟的工夫，几乎超过先生平日见客时间的规则五倍以上，实在抱歉的很。后来我和太虚匆匆出门，各自分途去了。晚边回寓，我在桌子上偶然翻到最近《每周评论》的文艺那栏，上面题目是《我的儿子》四个字，下面署了一个"适"字，大约是先生做的。这种议论我从前在《新潮》《新青年》各报上面已经领教多次，不过昨日因为见了先生，加上"叔度汪汪"的印象，应该格外注意一番。我就不免有些意见，提起笔来写成一封白话信，送给先生，还求指教指教。

大作说，"树本无心结子，我也无恩于你"。这和孔融所说的"父之于子当有何亲""子之于母亦复奚为"差不多同一样的口气。我且不去管他。下文说的，"但是你既来了，我不能不养你教你，那是我对人道的义务，并不是待你的恩谊。"这就是做父母一方面的说法。换一方面说，做儿子的也可模仿同样口气说道："但是我既来了，你不能不养我教我，那是你对人道的义务，并不是待我的恩谊。"那么两方面凑泊起来，简直是亲子的关系，一方面变成了跛形的义务者，他一方面变成了跛形的权利者,实在未免太不平等了。平心而论,旧时代的见解,好端端生在社会一个人,前途何等遥远,责任何等重大,为父母的单希望他做他俩的儿子,固然不对。但是照先生的主张,竟把一般做儿子的抬举起来,看作一个"白吃不回账"的主顾,那又未免太"矫枉过正"罢。

现在我且丢却亲子的关系不谈,先设一个譬喻来说。假如有位朋友留我在他家里住上若干年,并且供给我的衣食,后来又帮助我的学费,一直到我能独立生活,他才放手,虽然这位朋友发了一个大愿,立心做个大施主,并不希望我些许报答,难道我自问良心能够就是这么拱拱手同他离开便算了吗?我以为亲子的关系,无论怎样改革,总比朋友较深一层。就是同朋友一样平等看待,果然有个鲍叔再世,把我看作管仲一般,也不能够"不是待我的恩谊"罢。

大作结尾说道:"我要你做一个堂堂的人,不要你做我的孝顺儿子。"这话我倒并不十分反对。但是我以为应该加上一个字,可以这么说:"我要你做一个堂堂的人,不单要你做我的孝顺儿子。"为什么要加上这一个字呢?因为儿子孝顺父母,也是做人的一种信条,和那"悌弟""信友""爱群"等等是同样重要的。旧时代学说把一切善行都归纳在"孝"字里面,诚然流弊百出,但一定要把"孝"字"驱逐出境",划在做人事业范围以外,好像人做了孝子,便不能够做一个堂堂的人。换一句话,就是人若要做一个堂堂的人,便非打定主意做一个不孝之子不可。总而言之,先生把"孝"字看得与做人的信条立在相反的地位。我以为"孝"字虽然没有"万能"的本领,但总还够得上和那做人的信条凑在一起,何必如此"雷厉风行"硬要把他"驱逐出境"呢?

前月我在一个地方谈起北京的新生思潮,便联想到先生个人身上。有一位是先生的贵同乡，当时插嘴说道："现在一般人都把胡适之看作洪水猛兽一样，其实适之这个人旧道德并不坏。"说罢，并且引起事实为证。我自然是很相信的。照这位贵同乡的说话推测起来，先生平日对于父母当然不肯做那"孝"字反面的行为，是决无疑义了。我怕的是一般根底浅薄的青年，动辄抄袭名人一两句话，敢于扯起幌子，便"肆无忌惮"起来。打个比方，有人昨天看见《每周评论》上先生的大作，也便可以说道："胡先生教我做一个堂堂的人，万不可凭父母的孝顺儿子。"久而久之，社会上布满了这种议论，那么任凭父母老病冻饿以至于死，却可以不去管他了。我也知道先生的本意无非看见旧式家庭过于"束缚驰骤"，急急地要替他调换空气，不知不觉言之太过，那也难怪。从前朱晦庵说得好，"教学者如扶醉人"，现在的中国人真算是大多数醉倒了。先生可怜他们，当下告奋勇，使一股大劲，把他从东边扶起一样吗？万一不幸，连性命都要送掉，那又向谁叫冤呢？

我很盼望先生有空闲的时候，再把那"我的父母"四个字做个题目，细细地想一番。把做儿子的对于父母应该怎样报答的话（我以为一方面做父母的儿子，同时在他方面仍不妨做社会上一个人），也得咏叹几句，"恰如分际"，"彼此兼顾"，那才免得发生许多流弊。

我答汪先生的信：

前天同太虚和尚谈论，我得益不少。别后又承先生给我这封很诚恳的信，感谢之至。

"父母于子无恩"的话，从王充、孔融以来，也很久了。从前有人说我曾提倡这话，我实在不能承认。直到今年我自己生了一个儿子，我才想到这个问题上去。我想这个孩子自己并不曾自由主张要生在我家，我们做父母的不曾得他的同意，就糊里糊涂的给了他一条生命。况且我们也并不曾有意送给他这条生命。我们既无意，如何能居功？如何能自以为有恩于他？他既无意求生，我们生了他，我们对他只有抱歉，更不能"市恩"了。我们糊里糊涂的替社会上添了一个人，这个人将来一生的苦乐祸福，这个人将来在社会上的功罪，我们应该负一部分的责任。说得偏激一点，我们生一个儿子，就好比替他种下了祸根，又替社会种下了祸根。他也许养成坏习惯，做一个短命浪子；他也许更堕落下去，做一个军阀派的走狗。所以我们"教他养他"，只是我们自己减轻罪过的法子，只是我们种下祸根之后自己补过弥缝的法子。这可以说是恩典吗？

我所说的，是从做父母的一方面设想的，是从我个人对于我自己的儿子设想的，所以我的题目是"我的儿子"。我的意思是要我这个儿子晓得我对他只有抱歉，决不居功，决不市恩。至于我的儿子将来怎样待我，那是他自己的事。我决不期望他报答我的恩，因为我已宣言无恩于他。

先生说我把一般做儿子的抬举起来，看作一个"白吃不还账"的主顾。这是先生误会我的地方。我的意思恰同这个相反。我想把一般做父母的抬高起来，叫他们不要把自己看作一种"放高利债"的债主。

先生又怪我把"孝"字驱逐出境。我要问先生，现在"孝子"两个字究竟还有什么意义？现在的人死了父母都称"孝子"。孝子就是居父母丧的儿子（古书称为"主人"），无论怎样忤逆不孝的人，一穿上麻衣，带上高粱冠，拿着哭丧棒，人家就称他做"孝子"。

我的意思以为古人把一切做人的道理包在孝字里，故战阵无勇，莅官不敬，等等，都是不孝。这种学说，先生也承认他流弊百出。所以我要我的儿子做一个堂堂的人，不要他做我的孝顺儿子。我的意想以为"一个堂堂的人"决不至于做打爹骂娘的事，决不至于对他的父母毫无感情。

但是我不赞成把"儿子孝顺父母"列为一种"信条"。易卜生的《群鬼》里有一段话很可研究（《新潮》第五号页八五一）：

（孟代牧师）你忘了没有，一个孩子应该爱敬他的父母？

（阿尔文夫人）我们不要讲得这样宽泛。应该说："欧士华应该爱敬阿尔文先生（欧士华之父）吗？"

这是说，"一个孩子应该爱敬他的父母"是耶教一种信条，但是有时未必适用。即如阿尔文一生纵淫，死于花柳毒，还把遗毒传级他的儿子欧士华，后来欧士华毒发而死。请问欧士华应该孝顺阿尔文吗？若照中国古代的伦理观念自然不成问题。但是在今日可不能不成问题了。假如我染着花柳毒，生下儿子又聋又瞎，终身残废，他应该倾家荡产敬我吗？又假如我把我的儿子应得的遗产都拿去赌输了，使他衣食不能完全，教育不能得着，他应该爱敬我吗？又假如我卖国主义，做了一国一世的大罪人，他应该爱敬我吗？

至于先生说的，恐怕有人扯起幌子，说，"胡先生教我做一个堂堂的人，万不可做父母的孝顺儿子"。这是他自己错了。我的诗是发表我生平第一次做老子的感想，我并不曾教训人家的儿子！

总之，我只说了我自己承认对儿子无恩，至于儿子将来对我做何感想，那是他自己的事，我不管了。

先生又要我做"我的父母"的诗。我对于这个题目，也曾有诗，载在《每周评论》第一期和《新潮》第二期里。

我的儿子

我实在不要儿子，
儿子自己来了。
"无后主义"的招牌，
于今挂不起来了！
譬如树上开花，
花落天然结果。
那果便是你。
那树便是我。
树本无心结子，
我也无恩于你。
但是你既来了，
我不能不养你教你，
那是我对人道的义务，
并不是我待你的恩谊。
将来你长大时，
这是我所期望于你：
我要你做一个堂堂的人，
不要做我的孝顺儿子。

追 悼 志 摩

悄悄的我走了，正如我悄悄的来；我挥一挥衣袖，不带走一片云彩。

（《再别康桥》）

志摩这一回真走了！可不是悄悄的走。在那淋漓的大雨里，在那迷蒙的大雾里，一个猛烈的大震动，三百匹马力的飞机碰在一座终古不动的山上，我们的朋友额上受了一下致命的撞伤，大概立刻失去了知觉。半空中起了一团天火，像天上陨了一颗大星似的直掉下地去。我们的志摩和他的两个同伴就死在那烈焰里了！

我们初得着他的死信，都不肯相信，都不信志摩这样一个可爱的人会死的这么惨酷。但在那几天的精神大震撼稍稍过去之后，我们忍不住要想，那样的死法也许只有志摩最配。我们不相信志摩会"悄悄的走了"，也不忍想志摩会死一个"平凡的死"，死在天空之中，大雨淋着，大雾笼罩着，大火焚烧着，那撞不倒的山头在旁边冷眼瞧着，我们新时代的新诗人，就是要自己挑一种死法，也挑不出更合式、更悲壮的了。

志摩走了，我们这个世界里被他带走了不少云彩。他在我们这些朋友之中，真是一片最可爱的云彩，永远是温暖的颜色，永远是美的花样，永远是可爱。他常说：

我不知道风
是在哪一个方向吹——

我们也不知风是在哪一个方向吹，可是狂风过去之后，我们的天空变惨淡了，变寂寞了，我们才感觉我们的天上的一片最可爱的云彩被狂风卷去了，永远不回来了！

这十几天里，常有朋友到家里来谈志摩，谈起来常常有人痛哭，在别处痛哭他的，一定还不睡。志摩所以能使朋友这样哀念他，只是因为他的为人整个的只是一团同情心，只是一团爱。叶公超先生说："他对于任何人、任何事，从未有过绝对的怨恨，甚至于无意中都没有表示过一些憎嫉的神气。"

陈通伯先生说："尤其朋友里缺不了他。他是我们的连索，他是黏着性的，发酵性的。在这七八年中，国内文艺界里起了不少的风波，吵了不少的架，许多很熟的朋友往往弄的不能见面。但我没有听见有人怨恨过志摩。谁也不能抵抗志摩的同情心，谁也不能避开他的黏着性。他才是和事佬，他有无穷的同情，他总是朋友蹭的'连索'。他从没有疑心，他从不会妒忌，使这些多疑善妒的人们十分惭愧，又十分羡慕。"

他的一生真是爱的象征。爱是他的宗教，他的上帝。

我攀登了万仞的高冈，
荆棘扎烂了我的衣裳，

我向飘渺的云天外望——
上帝,我望不见你——
……
我在道旁见一个小孩,
活泼,秀丽,褴褛的衣衫,
他叫声"妈",眼里亮着爱——
——上帝,他眼里有你——
(《他眼里有你》)

志摩今年在他的《猛虎集·自序》里曾说他的心境是"一个曾经有单纯信仰的流入怀疑的颓废"。这句话是他最好的自述。他的人生观真是一种"单纯信仰",这里面只有三个大字:一个是爱,一个是自由,一个是美。他梦想这三个理想的条件能够会合在一个人生里,这是他的"单纯信仰"。他的一生的历史,只是他追求这个单纯信仰的实现的历史。

社会上对于他的行为,往往有不能谅解的地方,都只因为社会上批评他的人不曾懂得志摩的"单纯信仰"的人生观。他的离婚和他的第二次结婚,是他一生最受社会严厉批评的两件事。现在志摩的棺已盖了,而社会上的议论还未定。但我们知道这两件事的人,都能明白,至少在志摩的方面,这两件事最可以代表志摩的单纯理想的追求。他万分诚恳的相信那两件事都是他实现他那"美与爱与自由"的人生的正当步骤。这两件事的结果,在别人看来,似乎都不曾能够实现志摩的理想生活。但到了今日,我们还忍用成败来议论他吗?

我忍不住我的历史癖,今天我要引用一点神圣的历史材料,来说明志摩决心离婚时的心理。民国十一年三月,他正式向他的夫人提议离婚,他告诉她,他们不应该继续他们的没有爱情没有自由的结婚生活了,他提议"自由之偿还自由",他认为这是"彼此重见生命之曙光,不世之荣业"。他说:"故转夜为日,转地狱为天堂,直指顾间事矣。……真生命必自奋斗自求得来,真幸福亦必自奋斗自求得来,真恋爱亦必自奋斗自求得来!彼此前途无限……彼此有改良社会之心,彼此有造福人类之心,其先自做榜样,勇决智断,彼此尊重人格,自由离婚,止绝苦痛,始兆幸福,皆在此矣。"

这信里完全是青年的志摩的单纯的理想主义,他觉得那没有爱又没有自由的家庭是可以摧毁他们的人格的,所以他下了决心,要把自由偿还自由,要从自由求得他们的真生命、真幸福、真恋爱。

后来他回国了,婚是离了,而家庭和社会都不能谅解他。最奇怪的是他和他已离婚的夫人通信更勤,感情更好。社会上的人更不明白了。志摩是梁任公先生最爱护的学生,所以民国十二年任公先生曾写一封很长很恳切的信去劝他。在这信里,任公提出两点:其一,"万不容以他人之苦痛,易自己之快乐。弟之此举,其于弟将来之快乐能得与否,殆茫如捕风,然先已予多数人以无量之苦痛。"其二,"恋爱神圣为今之少年所乐道。……兹事盖可遇而不可求。……况多情多感之人,其幻象起落鹘突,而得满足得宁帖也极难。所梦想之神圣境界恐终不可得,徒以烦恼终其身已耳。"

任公又说:"呜呼志摩!天下岂有圆满之宇宙?……当知吾侪以不求圆满为生活态度,斯可以领略生活之妙味矣。……若沉迷于不可必得之梦境,挫折数次,生意尽矣,郁邑诧忌以死,死为无名。死犹可也,最可畏者,不死不生而堕落至不复能自拔。呜呼志摩,可无惧耶!可无惧耶!(十二年一月二日信)"

任公一眼看透了志摩的行为是追求一种"梦想的神圣境界",他料到他必要失望,又怕他少年人受不起几次挫折,就会死,就会堕落。所以他以老师的资格警告他:"天下岂有圆满之宇宙?"

但这种反理想主义是志摩所不能承认的。他答复任公的信,第一不承认他是把他人的苦痛来换自己的快乐。他说:"我之甘冒世之不韪,竭全力以斗者,非特求免凶惨之苦痛,实求良心之安顿,求人格之确立,求灵魂之救度耳。"人谁不求庸德?人谁不安现成?人谁不畏艰险?然且有突围而出者,夫岂得已而然哉?第二,他也承认恋爱是可遇而不可求的,但他不能不去追求。他说:"我将于茫茫人海中访我唯一灵魂之伴侣;得之,我幸;不得,我命,如此而已。"他又相信他的理想是可以创造培养出来的。他对任公说:"嗟夫吾师!我尝奋我灵魂之精髓,以凝成一理想之明珠,涵之以热满之心血,朗照我深奥之灵府。而庸俗忌之嫉之,辄欲麻木其灵魂,捣碎其理想,杀灭其希望,汙毁其纯洁!我之不流入堕落,流入庸懦,流入卑污,其几亦微矣!"

我今天发表这三封不曾发表过的信,因为这几封信最能表现那个单纯的理想主义者徐志摩。他深信理想的人生必须有爱,必须有自由,必须有美;他深信这种三位一体的人生是可以追求的,至少是可以用纯洁的心血培养出来的。——我们若从这个观点来观察志摩一生,他这十年中的一切行为就全可以了解了。我还可以说,只有从这个观点上才可以了解志摩的行为;我们必须先认清了他的单纯信仰的人生观,方才认得清志摩的为人。

志摩最近几年的生活,他承认是失败。他有一首《生活》的诗,诗暗惨的可怕。

阴沉，黑暗，毒蛇似的蜿蜒，
生活逼成了一条甬道：
一度陷入，你只可向前，
手扪索着冷壁的粘潮，
在妖魔的脏腑内挣扎，
头顶不见一线的天光，
这魂魄，在恐怖的压迫下，
除了消灭更有什么愿望？
（十九年五月二十九日）

他的失败是一个单纯的理想主义者的失败。他的追求，使我们惭愧，因为我们的信心太小了，从不敢梦想他的梦想。他的失败，也应该使我们对他表示更深厚的恭敬与同情，因为偌大的世界之中，只有他有这信心，冒了绝大的危险，费了无数的麻烦，牺牲了一切平凡安逸，牺牲家庭的亲谊和人间的名誉，去追求，去试验一个"梦想之神圣境界"而终于免不了惨酷的失败，也不完全是他的人生观的失败。他的失败是因为他的信仰太单纯了，而这个世界太复杂了，他的单纯的信仰禁不起这个现实世界的摧毁；正如易卜生的诗剧《Brand》里的那个理想主义者，抱着他的理想，在人间处处碰钉子，碰的焦头烂额，失败而死。

然而我们的志摩"在这恐怖的压迫下"，从不叫一声"我投降了"——他从不曾完全绝望，他从不曾绝对怨恨谁。他对我们说："你们不能更多地责备。我觉得我已是满头的血水，能不低头已算是好的。"（《猛虎集·自序》）是的，他不曾低头。他仍旧昂起头来做人；他做事，他总是仍旧那样热心，仍旧那样高兴。几年的挫折、失败、苦痛，似乎使他更成熟了，更可爱了。

他在苦痛之中，仍旧继续他的歌唱。他的诗作风也更成熟了。他所谓"初期的汹涌性"固然是没有了，作品也减少了；但是他的意境变深厚了，笔致变淡远了，技术和风格都更进步了。这是读《猛虎集》的人都能感觉到的。

志摩自己希望今年是他的"一个真的复活的机会"。他说："抬起头居然又见到天了。眼睛睁开了，心也跟着开始了跳动。"

我们一班朋友都替他高兴。他这几年来想用心血浇灌的花树也许是枯萎的了；但他的同情、他的鼓舞，早又在别的园地里种出了无数的可爱的小树，开出了无数可爱的鲜花。他自己的歌唱有一个时代是几乎消沉了；但他的歌声引起了他的园地外无数的歌喉，嘹亮地唱，哀怨地唱，美丽地唱。这都是他的安慰，都使他高兴。

谁也想不到在这个最有希望的复活时代，他竟丢了我们走了！他的《猛虎集》里有一首咏一只黄鹂的诗，现在重读了，好像他在那里描写他自己的死，和我们对他的死的悲哀：

等候他唱，我们静着望，
怕惊了他。
但他一展翅
冲破浓密，化一朵彩雾：
飞来了，不见了，没了！！
像是春光，火焰，像是热情。

志摩这样一个可爱的人，真是一片春光，一团火焰，一腔热情。现在难道都完了？

决不——决不——志摩最爱他自己的一首小诗,题目叫作"偶然",在他的《卞昆冈》剧本里,在那个可爱的孩子阿明临死时,那个瞎子弹着三弦,唱着这首诗:

我是天空里的一片云,
偶尔投影在你的波心——
你不必讶异,
更无须欢喜——
在转瞬间消灭了踪影。
你我相逢在黑夜的海上,
你有你的,我有我的,方向;
你记得也好,
最好你忘掉,
在这交会时互放的光芒。

朋友们,志摩是走了,但他投的影子会永远留在我们心里,他放的光亮也会永远在人间,他不曾白来了一世。我们有了他做朋友,也可以安慰自己说不曾白来了一世。我们忘不了和我们在那交会时互放的光芒!

二十年,十二月,三夜(同时在北平《晨学园》发表)

杜威先生与中国

杜威先生今天离开北京，起程归国了。杜威先生于民国八年五月一日——"五四"的前三天——到上海，在中国共住了两年零两月。中国的地方他到过并且讲演过的，有奉天、直隶、山西、山东、江苏、江西、湖北、湖南、浙江、福建、广东十一省。他在北京的五种长期讲演录已经过第十版了，其余各种小讲演录——如山西的，南京的，北京学术讲演会的，——几乎数也数不清楚了！我们可以说，自从中国与西洋文化接触以来，没有一个外国学者在中国思想界的影响有杜威先生这样大的。

我们还可以说，在最近的将来几十年中，也未必有别个西洋学者在中国的影响可以比杜威先生还大的。这句预言初听了似乎太武断了。但是我们可以举两个理由：

第一，杜威先生最注重的是教育的革新，他在中国的讲演也要算教育的讲演为最多。当这个教育破产的时代，他的学说自然没有实行的机会。但他的种子确已散布不少了。将来各地的"试验学校"渐渐的发生，杜威的教育学说有了试验的机会，那才是杜威哲学开花结子的时候呢！现在的杜威，还只是一个盛名；十年二十年后的杜威，变成了无数杜威式的试验学校，直接或间接影响全中国的教育，那种影响不应该比现在更大千百倍吗?

第二,杜威先生不曾给我们一些关于特别问题的特别主张,——如共产主义,无政府主义,自由恋爱之类,——他只给了我们一个哲学方法,使我们用这个方法去解决我们自己的特别问题。他的哲学方法,总名叫做"实验主义";分开来可作两步说:

(1)历史的方法——"祖孙的方法"。他从来不把一个制度或学说看作一个孤立的东西,总把他看作一个中段:一头是他所以发生的原因,一头是他自己发生的效果;上头有他的祖父,下面有他的子孙。捉住了这两头,他再也逃不出去了!这个方法的应用,一方面是很忠厚宽恕的,因为他处处指出一个制度或学说所以发生的原因,指出他的历史的背景,故能了解他在历史上占的地位与价值,故不致过分的苛责。一方面,这个方法又是最严厉的,最带有革命性质的,因为他处处拿一个学说或制度所发生的结果来评判他本身的价值,故最公平,又最厉害。这种方法是一切带有评判(Critical)精神的运动的一个重要武器。

(2)实验的方法——实验的方法至少注重三件事:(一)从具体的事实与境地下手;(二)一切学说理想,一切知识,都只是待证的假设,并非天经地义;(三)一切学说与理想都须用实行来试验过;实验是真理的唯一试金石。第一件,——注意具体的境地,——使我们免去许多无谓的假问题,省去许多无意义的争论。第二件,——一切学理都看作假设,——可以解放许多"古人的奴隶"。第三件,——实验,——可以稍稍限制那上天下地的妄想冥想。实验主义只承认那一点一滴做到的进步,步步有智慧的指导,步步有自动的实验——才是真进化。

特别主张的应用是有限的,方法的应用是无穷的。杜威先生虽去了,他的方法将来一定会得更多的信徒。国内敬爱杜威先生的人若都能注意于推行他所提倡的这两种方法，使历史的观念与实验的态度渐渐地变成思想界的风尚与习惯，那时候，这种哲学的影响之大，恐怕我们最大胆的想象力也还推测不完呢。

因为这两种理由，我敢预定：杜威先生虽去，他的影响仍旧永永存在，将来还要开更灿烂的花，结更丰盛的果。

杜威先生真爱中国，真爱中国人；他这两年之中，对我们中国人，他是我们的良师好友；对于国外，他还替我们做了两年的译人与辩护士。他在《新共和国》（*The New Republic*）和《亚细亚》（*Asia*）两个杂志上发表的几十篇文章，都是用最忠实的态度对于世界为我们做解释的。因为他的人格高尚，故世界的人对于他的评判几乎没有异议。（除了朴兰德Bland一流的妄人！）杜威这两年来对中国尽的这种义务，真应该受我们很诚恳的感谢。

我们对于杜威先生一家的归国，都感觉很深挚的别意。我们祝他们海上平安！

十，七，十一。

二
心灵自述

我 的 歧 路

梅先生是向来不赞成我谈思想文学的,现在却极赞成我谈政治;孙先生是向来最赞成我谈思想文学的,现在很恳挚的怪我不该谈政治;常先生又不同了,他并非不赞成我谈思想文学,他只希望我此时把全副精神用在政治上。——这真是我的歧路!

我在这三岔路口,也曾迟回了三年;我现在忍着心肠来谈政治,一只脚已踏上东街,一只脚还踏在西街,我的头还是回望着那原来的老路上!伏庐的怪我走错了路,我也可以承认;燕生怪我精神不贯注,也是真的。我要我的朋友们知道我所以"变节"与"变节而又迟回"的缘故,我不能不写一段自述的文章。

我是一个注意政治的人。当我在大学时,政治经济的功课占了我三分之一的时间。当一九一二到一九一六年,我一面为中国的民主辩护,一面注意世界的政治。我那时是世界学生会的会员,国际政策会的会员,联校非兵会的干事。一九一五年,我为了讨论中日交涉的问题,几乎成为众矢之的。一九一六年,我的国际非攻论文曾得最高奖金。但我那时已在中国哲学史的研究上寻着我的终身事业了,同时又被一班讨论文学问题的好朋友逼上文学革命的道路了。从此以后,哲学史成了我的职业,文学做了我的娱乐。

一九一七年七月我回国时，船到横滨，便听见张勋复辟的消息；到了上海，看了出版界的孤陋，教育界的沉寂，我方才知道张勋的复辟乃是极自然的现象，我方才打定二十年不谈政治的决心，要想在思想文艺上替中国政治建筑一个革新的基础。我这四年多以来，写了八九十万字的文章，内中只有一篇曾琦《国体与青年》的短序是谈政治的，其余的文字都是关于思想与文艺的。

一九一八年十二月，我的朋友陈独秀、李守常等发起《每周评论》。那是一个谈政治的报，但我在《每周评论》做的文字总不过是小说文艺一类，不曾谈过政治。直到一九一九年六月中，独秀被捕，我接办《每周评论》，方才有不能不谈政治的感觉。那时正当安福部极盛的时代，上海的分赃和会还不曾散伙。然而国内的"新"分子闭口不谈具体的政治问题，却高谈什么无政府主义与马克思主义。我看不过了，忍不住了，——因为我是一个实验主义的信徒，——于是发愤要想谈政治。我在《每周评论》第三十一号里提出我的政论的导言，叫作《多研究些问题，少谈些主义！》（《文存》卷二，页一四七以下）。我那时说：我们不去研究人力车夫的生计，却去高谈社会主义……不去研究安福部如何解散，不去研究南北问题如何解决，却去高谈无政府主义：我们还要得意扬扬的夸口道："我们所谈的是根本解决"。老实说罢，这是自欺欺人的梦话，这是中国思想界破产的铁证，这是中国社会改良的死刑宣告！……

高谈主义，不研究问题的人，只是畏难求易，只是懒！

但我的政论的"导言"虽然出来了，我始终没有做到"本文"的机会！我的导言引起了无数的抗议：北方的社会主义者驳我，南方的无政府主义者痛骂我。我第三次替这篇导言辩护的文章刚排上版，《每周评论》

就被封禁了；我的政论文章也就流产了。

《每周评论》是一九一九年八月三十日被封的。这两年零八个月之中，忙于病，使伙不能分出工夫来做舆论的事业。我心里也觉得我的哲学文学事业格外重要，实在舍不得丢了我的旧恋来巴结我的新欢。况且几年不谈政治的人，实在不容易提起一股高兴来作政论的文章，心里总想国内有人起来干这种事业，何必要我来加一忙呢？

然而我等候了两年零八个月，中国的舆论界仍然使我大失望。一班"新"分子天天高谈基尔特社会主义与马克思社会主义，高谈"阶级战争"与"盈余价值"；内政腐败到了极处，他们好像都不曾看见，他们索性把"社论""时评"都取消了，拿那马克思——克洛泡特金——爱罗先柯的附张来做挡箭牌，掩眼法！外交的失败，他们确然也还谈谈，因为骂日本是不犯禁的；然而华盛顿会议中，英美调停，由中日两国代表开议，国内的报纸就加上一个"直接交涉"的名目。直接交涉是他们反对过的，现在这个莫名其妙的东西又叫作"直接交涉"了，所以他们不能不极力反对。然而他们争的是什么呢？怎样才可以达到目的呢？是不是要日本无条件的屈服呢？外交问题是不是可以不交涉而解决呢？这些问题就很少人过问了。

我等候两年零八个月，实在忍不住了。我现在出来谈政治，虽是国内的腐败政治激出来的，其实大部分是这几年的"高谈主义而不研究问题"的"新舆论界"把我激出来的。我现在的谈政治，只是实行我那"多研究问题，少谈主义"的主张。我自信这是和我的思想一致的。梅迪生说我谈政治"较之谈白话文与实验主义胜万万矣"，他可错了；我谈政治只是实行我的实验主义，正如我谈白话文也只是实行我的实验主义。

实验主义自然也是一种主义，但实验主义只是一个方法，只是一个研究问题的方法。他的方法是：细心搜求事实，大胆提出假设，再细心求实证。一切主义，一切学理，都只是参考的材料，暗示的材料，待证的假设，绝不是天经地义的信条。实验主义注重在具体的事实与问题，故不承认根本的解决。他只承认那一点一滴做到的进步，——步步有智慧的指导，步步有自动的实验，——才是真进化。

我这几年的言论文字，只是这一种实验主义的态度在各方面的应用。我的唯一目的是要提倡一种新的思想方法，要提倡一种注重事实、服从证验的思想方法。古文学的推翻，白话文学的提倡，哲学史的研究，《水浒》《红楼梦》的考证，一个"了"字或"们"字的历史，都只是这一个目的。我现在谈政治，也希望在政论界提倡这一种"注重事实，尊崇证验"的方法。

我的朋友们，我不曾"变节"；我的态度是如故的，只是我的材料与实例变了。

孙伏庐说他想把那被政治史夺去的我，替文化史夺回来。我很感谢他的厚意。但我要加一句：没有不在政治史上发生影响的文化；如果把政治划出文化之外，那就又成了躲懒的、出世的、非人生的文化了。

至于我精神不能贯注在政治上的原因，也是很容易明白的。哲学是我的职业，文学是我的娱乐，政治只是我的一种忍不住的新努力。我家中政治的书比其余的书，只成一与五千的比例，我七天之中，至多只能费一天在《努力周报》上；我做一段二百字的短评，远不如做一万字《李觏学说》的便利愉快。我只希望提倡这一点"多研究问题，少谈主义"的政论态度，我最希望国内爱谈政治又能谈政治的学者来霸占这个周报。

以后我七天之中，分出一天来替他们编辑整理，其余六天仍旧去研究我的哲学与文学，那就是我的幸福了。

我很承认常燕生的责备，但我不能承认他责备的理由。他说：至于思想文艺等事，先生们这几年提倡的效果也可见了，难道还期望他尚能再有进步吗？

他下文又说"现在到了山顶以后，便应当往下走了"，这些话我不大懂得。燕生决不会承认现在的思想文艺已到了山顶，不能"再有进步"了。我对于现今的思想文艺，是很不满意的。孔丘、朱熹的奴隶减少了，却添上了一班马克思、克洛泡特金的奴隶；陈腐的古典主义打倒了，却换上了种种浅薄的新典主义。我们"提倡有心，创造无力"的罪名是不能避免的。这也是我在这歧路上迟回瞻顾的一个原因了。

我们对于西洋近代文明的态度

今日最没有根据而又最有毒害的妖言是讥贬西洋文明为唯物的（Materialistic），而尊崇东方文明为精神的（Spiritual）。这本是很老的见解，在今日却有新兴的气象。从前东方民族受了西洋民族的压迫，往往用这种见解来解嘲，来安慰自己。近几年来，欧洲大战的影响使一部分的西洋人对于近世科学的文化起一种厌倦的反感，所以我们时时听见西洋学者有崇拜东方的精神文明的议论。这种议论，本来只是一时的病态的心理，却正投合了东方民族的夸大狂；东方的旧势力就因此增加了不少的气焰。

我们不愿"开倒车"的少年人对于这个问题不能没有一种彻底的见解，不能没有一种鲜明的表示。

现在高谈"精神文明""物质文明"的人，往往没有共同的标准做讨论的基础，故只能做文字上或表面上的争论，而不能有根本的了解。我想提出几个基本观念来做讨论的标准。

第一，文明（Civilization）是一个民族应付他的环境的总成绩。

第二，文化（Culture）是一种文明所形成的生活的方式。

第三，凡一种文明的造成，必有两个因子：一是物质的（Material），包括种种自然界的势力与质料；一是精神的（Spiritual），包括一个民族的聪明才智，感情和理想。凡文明都是人的心思智力运用自然界的质与力的作品；没有一种文明是精神的，也没有一种文明单是物质的。

我想这三个观念是不须详细说明的，是研究这个问题的人都可以承认的。一只瓦盆和一只铁铸的大蒸汽炉，一只舢板船和一只大汽船，一部单轮小车和一辆电力街车，都是人的智慧利用自然界的质力制造出来的文明，同有物质的基础，同有人类的心思才智。这里面只有个精粗巧拙的程度上的差异，却没有根本上的不同。蒸汽铁炉固然不必笑瓦盆的幼稚，单轮小车上的人也更不配自夸他的精神的文明，而轻视电车上人的物质的文明。

因为一切文明都少不了物质的表现，所以"物质的文明"（Material Civilization）一个名词不应该有什么讥贬的含义。我们说一部摩托车是一种物质的文明，不过单指他的物质的形体；其实一部摩托车所代表的人类的心思智慧决不亚于一首诗所代表的心思智慧。所以"物质的文明"不是和"精神的文明"反对的一个贬词，我们可以不讨论。

我们现在要讨论的是：（1）什么叫做"唯物的文明"（Materialistic Civilization）；（2）西洋现代文明是不是唯物的文明。

崇拜所谓东方精神文明的人说，西洋近代文明偏重物质上和肉体上的享受，而略视心灵上与精神上的要求，所以是唯物的文明。

我们先要指出这种议论含有灵肉冲突的成见，我们认为错误的成见。我们深信，精神的文明必须建筑在物质的基础之上。提高人类物质上的享受，增加人类物质上的便利与安逸，这都是朝着解放人类的能力的方向走，使人们不至于把精力心思全抛在仅仅生存之上，使他们可以有余力去满足他们的精神上的要求。东方的哲人曾说：

衣食足而后知荣辱，仓廪实而后知礼节。

这不是什么舶来的"经济史观"；这是平恕的常识。人世的大悲剧是无数的人们终身做血汗的生活，而不能得着最低限度的人生幸福，不能避免冻与饿。人世的更大悲剧是人类的先知先觉者眼看无数人们的冻饿，不能设法增进他们的幸福，却把"乐天""安命""知足""安贫"种种催眠药给他们吃，叫他们自己欺骗自己，安慰自己。西方古代有一则寓言说狐狸想吃葡萄，葡萄太高了，他吃不着，只好说"我本不爱吃这酸葡萄！"狐狸吃不着甜葡萄，只好说葡萄是酸的；人们享不着物质上的快乐，只好说物质上的享受是不足羡慕的，而贫贱是可以骄人的。这样自欺自慰成了懒惰的风气，又不足为奇了。于是有狂病的人又进一步，索性回过头去，戕贼身体，断臂，绝食，焚身，以求那幻想的精神的安慰。从自欺自慰以至于自残自杀，人生观变成了人死观，都是从一条路上来的：这条路就是轻蔑人类的基本的欲望。朝这条路上走，逆天而拂性，必至于养成懒惰的社会，多数人不肯努力以求人生基本欲望的满足，也就不肯进一步以求心灵上与精神上的发展了。

西洋近代文明的特色便是充分承认这个物质的享受的重要。西洋近代文明，依我的鄙见看来，是建筑在三个基本观念之上：

第一，人生的目的是求幸福。

第二，所以贫穷是一桩罪恶。

第三，所以衰病是一桩罪恶。

借用一句东方古话，这就是一种"利用厚生"的文明。因为贫穷是一桩罪恶，所以要开发富源，奖励生产，改良制造，扩张商业。因为衰病是一桩罪恶，所以要研究医药，提倡卫生，讲求体育，防止传染的疾病，改善人种的遗传。因为人生的目的是求幸福，所以要经营安适的起居，便利的交通，洁净的城市，优美的艺术，安全的社会，清明的政治。纵观西洋近代的一切工艺，科学，法制，固然其中也不少杀人的利器与侵略掠夺的制度，我们终不能不承认那利用厚生的基本精神。

这个利用厚生的文明，当真忽略了人类心灵上与精神上的要求吗？当真是一种唯物的文明吗？

我们可以大胆地宣言：西洋近代文明绝不轻视人类的精神上的要求。我们还可以大胆地进一步说：西洋近代文明能够满足人类心灵上的要求的程度，远非东洋旧文明所能梦见。在这一方面看来，西洋近代文明绝非唯物的，乃是理想主义的（Idealistic），乃是精神的（Spiritual）。

我们先从理智的方面说起。

西洋近代文明的精神方面的第一特色是科学。科学的根本精神在于求真理。人在世间，受环境的逼迫，受习惯的支配，受迷信与成见的拘束。只有真理可以使你自由，使你强有力，使你聪明圣智；只有真理可以使你打破你的环境里的一切束缚，使你戡天，使你缩地，使你天不怕，地不怕，堂堂地做一个人。

求知是人类天生的一种精神上的最大要求。东方的旧文明对于这个要求，不但不想满足他，并且常想裁制他，断绝他。所以东方古圣人劝人要"无知"，要"绝圣弃智"，要"断思维"，要"不识不知，顺帝之则。"这是畏难，这是懒惰。这种文明，还能自夸可以满足心灵上的要求吗？

东方的懒惰圣人说，"吾生也有涯，而知也无涯，以有涯逐无涯，殆已。"所以他们要人静坐澄心，不思不虑，而物来顺应。这是自欺欺人的诳语，这是人类的夸大狂。真理是深藏在事物之中的；你不去寻求探讨，他决不会露面。科学的文明教人训练我们的官能智慧，一点一滴地去寻求真理，一丝一毫不放过，一铢一两地积起来。这是求真理的唯一法门。自然（Nature）是一个最狡猾的妖魔，只有敲打逼拶可以逼她吐露真情。不思不虑的懒人只好永永作愚昧的人，永永走不进真理之门。

东方的懒人又说："真理是无穷尽的，人的求知的欲望如何能满足呢？"诚然，真理是发现不完的。但科学决不因此而退缩。科学家明知真理无穷，知识无穷，但他们仍然有他们的满足：进一寸有一寸的愉快，进一尺有一尺的满足。二千多年前，一个希腊哲人思索一个难题，想不出道理来；有一天，他跳进浴盆去洗澡，水涨起来，他忽然明白了，他高兴极了，赤裸裸地跑出门去，在街上乱嚷道，"我寻着了！我寻着了！"（Eureka! Eureka!）这是科学家的满足。Newton, Pasteur以至于Edison时时有这样的愉快。一点一滴都是进步，一步一步都可以踌躇满志。这种心灵上的快乐是东方的懒圣人所梦想不到的。

这里正是东西文化的一个根本不同之点。一边是自暴自弃的不思不虑，一边是继续不断地寻求真理。

朋友们，究竟是哪一种文化能满足你们的心灵上的要求呢？

其次，我们且看看人类的情感与想象力上的要求。

文艺，美术，我们可以不谈，因为东方的人，凡是能睁开眼睛看世界的，至少还都能承认西洋人并不曾轻蔑了这两个重要的方面。

我们来谈谈道德与宗教罢。

近世文明在表面上还不曾和旧宗教脱离关系，所以近世文化还不曾明白建立他的新宗教新道德。但我们研究历史的人不能不指出近世文明自有他的新宗教与新道德。科学的发达提高了人类的知识，使人们求知的方法更精密了，评判的能力也更进步了，所以旧宗教的迷信部分渐渐被淘汰到最低限度，渐渐地连那最低限度的信仰——上帝的存在与灵魂的不灭——也发生疑问了。所以这个新宗教的第一特色是他的理智化。近世文明仗着科学的武器，开辟了许多新世界，发现了无数新真理，征服了自然界的无数势力，叫电气赶车，叫"以太"送信，真个做出种种动地掀天的大事业来。人类的能力的发展使他渐渐增加对于自己的信仰心，渐渐把向来信天安命的心理变成信任人类自己的心理。所以这个新宗教的第二特色是他的人化。知识的发达不但抬高了人的能力，并且扩大了他的眼界，使他胸襟阔大，想象力高远，同情心浓挚。同时，物质享受的增加使人有余力可以顾到别人的需要与痛苦。扩大了的同情心加上扩大了的能力，遂产生了一个空前的社会化的新道德，所以这个新宗教的第三特色就是他的社会化的道德。

古代的人因为想求得感情上的安慰，不惜牺牲理智上的要求，专靠信心（Faith），不问证据，于是信鬼，信神，信上帝，信天堂，信净土，信地狱。近世科学便不能这样专靠信心了。科学并不菲薄感情上的安慰；科学只要求一切信仰须要禁得起理智的评判，须要有充分的证据，凡没有充分证据的，只可存疑，不足信仰。赫胥黎（Huxley）说得最好：

如果我对于解剖学上或生理学上的一个小小困难，必须要严格的不信任一切没有充分证据的东西，方才可望有成绩，那么，我对于人生的奇秘的解决，难道就可以不用这样严格的条件吗？

这正是十分尊重我们的精神上的要求。我们买一亩田，卖三间屋，尚且要一张契据；关于人生的最高希望的根据，岂可没有证据就胡乱信仰吗？

这种"拿证据来"的态度，可以称为近世宗教的"理智化"。

从前人类受自然的支配，不能探讨自然界的秘密，没有能力抵抗自然的残酷，所以对于自然常怀着畏惧之心。拜物，拜畜生，怕鬼，敬神，"小心翼翼，昭事上帝"，都是因为人类不信任自己的能力，不能不依靠一种超自然的势力。现代的人便不同了。人的智力居然征服自然界的无数质力，上可以飞行无碍，下可以潜行海底，远可以窥算星辰，近可以观察极微。这个两只手一个大脑的动物——人——已成了世界的主人翁，他不能不尊重自己了。一个少年的革命诗人曾这样的歌唱：

我独自奋斗，胜败我独自承当，
我用不着谁来放我自由，
我用不着什么耶稣基督，
妄想他能替我赎罪替我死。

I fight alone and, win or sink,
I need no one to make me free,
I want no Jesus Christ to think,
That he could ever die for me.

这是现代人化的宗教。信任天不如信任人，靠上帝不如靠自己。我们现在不妄想什么天堂天国了，我们要在这个世界上建造"人的乐国"。我们不妄想做不死的神仙了，我们要在这个世界上做个活泼健全的人。我们不妄想什么四禅定六神通了，我们要在这个世界上做个有聪明智慧可以戡天缩地的人。我们也许不轻易信仰上帝的万能了，我们却信仰科学的方法是万能的，人的将来是不可限量的。我们也许不信灵魂的不灭了，我们却信人格是神圣的，人权是神圣的。

这是近世宗教的"人化"。

但最重要的要算近世道德宗教的"社会化"。

古代的宗教大抵注重个人的拯救；古代的道德也大抵注重个人的修养。虽然也有自命普度众生的宗教，虽然也有自命兼济天下的道德，然而终苦于无法下手，无力实行，只好仍旧回到个人的身心上用功夫，做那向内的修养。越向内做功夫，越看不见外面的现实世界；越在那不可捉摸的心性上玩把戏，越没有能力应付外面的实际问题。即如中国八百年的理学工夫居然看不见二万万妇女缠足的惨无人道！明心见性，何补于人道的苦痛困穷！坐禅主敬，不过造成许多"四体不勤，五谷不分"的废物！

近世文明不从宗教下手，而结果自成一个新宗教；不从道德入门，而结果自成一派新道德。十五十六世纪的欧洲国家简直都是几个海盗的国家，哥伦布（Columbus）、马汲伦（Magellan）、都芮克（Drake）一班探险家都只是一些大海盗。他们的目的只是寻求黄金、白银、香料、象牙、黑奴。然而这班海盗和海盗带来的商人开辟了无数新地，开拓了人的眼界，抬高了人的想象力，同时又增加了欧洲的富力。工业革命接着起来，生产的方法根本改变了，生产的能力更发达了。二三百年间，物质上的享受逐渐增加，人类的同情心也逐渐扩大。这种扩大的同情心便是新宗教新道德的基础。自己要争自由，同时便想到别人的自由，所以不但自由须以不侵犯他人的自由为界限，并且还进一步要要求绝大多数人的自由。自己要享受幸福，同时便想到人的幸福，所以乐利主义（Utilitarianism）的哲学家便提出"最大多数的最大幸福"的标准来做人类社会的目的。这都是"社会化"的趋势。

十八世纪的新宗教信条是自由，平等，博爱。十九世纪中叶以后的新宗教信条是社会主义。这是西洋近代的精神文明，这是东方民族不曾有过的精神文明。

固然东方也曾有主张博爱的宗教，也曾有公田均产的思想。但这些不过是纸上的文章，不曾实地变成社会生活的重要部分，不曾变成范围人生的势力，不曾在东方文化上发生多大的影响。在西方便不然了。"自由，平等，博爱"成了十八世纪的革命口号。美国的革命，法国的革命，一八四八年全欧洲的革命运动，一八六二年的南北美战争，都是在这三大主义的旗帜之下的大革命。美国的宪法，法国的宪法，以至于南美洲诸国的宪法，都是受了这三大主义的绝大影响的。旧阶级的打倒，专制政体的推翻，法律之下人人平等的观念的普遍，"信仰，思想，言论，出版"几大自由的保障的实行，普及教育的实施，妇女的解放，女权的运动，妇女参政的实现，……都是这个新宗教新道德的实际的表现。这不仅仅是三五个哲学家书本子里的空谈；这都是西洋近代社会政治制度的重要部分，这都已成了范围人生，影响实际生活的绝大势力。

十九世纪以来，个人主义的趋势的流弊渐渐暴白于世了，资本主义之下的苦痛也渐渐明了。远识的人知道自由竞争的经济制度不能达到真正"自由，平等，博爱"的目的。向资本家手里要求公道的待遇，等于"与虎谋皮"。救济的方法只有两条大路：一是国家利用其权力，实行裁制资本家，保障被压迫的阶级；一是被压迫的阶级团结起来，直接抵抗资产阶级的压迫与掠夺。于是各种社会主义的理论与运动不断地发生。西洋近代文明本建筑在个人求幸福的基础之上，所以向来承认"财产"为神圣的人权之一。但十九世纪中叶以后，这个观念根本动摇了；有的人竟说"财产是贼赃"，有的人竟说"财产是掠夺"。现在私有财产制虽然还存在，然而国家可以征收极重的所得税和遗产税，财产久已不许完全私有了。劳动是向来受贱视的；但资本集中的制度使劳工有大组织的可能，社会主义的宣传与阶级的自觉又使劳工觉悟团结的必要，于是几十年之中有组织的劳动阶级遂成了社会上最有势力的分子。十年以来，工党领袖可以执掌世界强国的政权，同盟总罢工可以屈服最有势力的政府，俄国的劳农阶级竟做了全国的专政阶级。这个社会主义的大运动现在还正在进行的时期。但他的成绩已很可观了。各国的"社会立法"（Social Legislation）的发达，工厂的视察，工厂卫生的改良，儿童工作与妇女工作的救济，红利分配制度的推行，缩短工作时间的实行，工人的保险，合作制之推行，最低工资（Minimum Wage）的运动，失业的救济，级进制的（Progressive）所得税与遗产税的实行……这都是这个大运动已经做到的成绩，这也不仅仅是纸上的文章，这也都已成了近代文明的重要部分。

这是"社会化"的新宗教与新道德。

东方的旧脑筋也许要说："这是争权夺利，算不得宗教与道德。"这里又正是东西文化的一个根本不同之点。一边是安分，安命，安贫，乐天，不争，认吃亏；一边是不安分，不安贫，不肯吃亏，努力奋斗，继续改善现成的境地。东方人见人富贵，说他是"前世修来的"；自己贫，也说是"前世不曾修"，说是"命该如此"。西方人便不然，他说，"贫富的不平等，痛苦的待遇，都是制度的不良的结果，制度是可以改良的。"他们不是争权夺利，他们是争自由，争平等，争公道；他们争的不仅仅是个人的私利，他们奋斗的结果是人类最大多数人的福利。最大多数人的最大幸福，不是袖手念佛号可以得来的，是必须奋斗力争的。

朋友们，究竟是哪一种文化能满足你们的心灵上的要求呢？

我们现在可综合评判西洋近代的文明了。这一系的文明建筑在"求人生幸福"的基础之上，的确替人类增进了不少的物质上的享受；然而他也确然很能满足人类的精神上的要求。他在理智的方面，用精密的方法，继续不断地寻求真理，探索自然界无穷的秘密。他在宗教道德的方面，推翻了迷信的宗教，建立合理的信仰；打倒了神权，建立人化的宗教；抛弃了那不可知的天堂净土，努力建设"人的乐国""人世的天堂"；丢开了那自称的个人灵魂的超拔，尽量用人的新想象力和新智力去推行那充分社会化了的新宗教与新道德，努力谋人类最大多数的最大幸福。

东方的文明的最大特色是知足。西洋的近代文明的最大特色是不知足。

知足的东方人自安于简陋的生活，故不求物质享受的提高；自安于愚昧，自安于"不识不知"，故不注意真理的发现与技艺器械的发明；自安于现成的环境与命运，故不想征服自然，只求乐天安命，不想改革制度，只图安分守己，不想革命，只做顺民。

这样受物质环境的拘束与支配，不能跳出来，不能运用人的心思智力来改造环境改良现状的文明，是懒惰不长进的民族的文明，是真正唯物的文明。这种文明只可以遏抑而决不能满足人类精神上的要求。

西方人大不然。他们说"不知足是神圣的"（Divine Discontent）。物质上的不知足产生了今日的钢铁世界，汽机世界，电力世界。理智上的不知足产生了今日的科学世界。社会政治制度上的不知足产生了今日的民权世界，自由政体，男女平权的社会，劳工神圣的喊声，社会主义的运动。神圣的不知足是一切革新一切进化的动力。

这样充分运用人的聪明智慧来寻求真理以解放人的心灵，来制服天行以供人用，来改造物质的环境，来改革社会政治的制度，来谋人类最大多数的最大幸福，——这样的文明应该能满足人类精神上的要求，这样的文明是精神的文明，是真正理想主义的（Idealistic）文明，决不是唯物的文明。

固然，真理是无穷的，物质上的享受是无穷的，新器械的发明是无穷的，社会制度的改善是无穷的。但格一物有一物的愉快，革新一器有一器的满足，改良一种制度有一种制度的满意。今日不能成功的，明日明年可以成功；前人失败的，后人可以继续助成。尽一分力便有一分的满意；无穷的进境上，步步都可以给努力的人充分的愉快。所以大诗人邓内孙（Tennyson）借古英雄（Ulysses）的口气歌唱道：

然而人的阅历就像一座穹门，
从那里露出那不曾走过的世界。

越走越远,永永望不到他的尽头。
半路上不干了,多么沉闷呵!
明晃晃的快刀为什么甘心上锈?
难道留得一口气就算得生活了?
……
朋友们,来罢!
去寻一个更新的世界是不会太晚的。
……
用掉的精力固然不回来了,剩下的还不少呢。
现在虽然不是从前那样掀天动地的身手了,
然而我们毕竟还是我们,——
光阴与命运颓唐了几分壮志!
终止不住那不老的雄心,
去努力,去探寻,去发现,
永不退让,不屈伏。

一九二六,六,六。

我 的 信 仰

一

我父胡珊，是一位学者，也是一个有坚强意志、有治理才干的人。经过一个时期的文史经籍训练后，他对于地理研究，特别是边省的地理，大起兴趣。他前往京师，怀了一封介绍书，又走了四十二日而达北满吉林，进见钦差大臣吴大澂。吴氏是现在见知于欧洲研究中国学问者之中国的一个大考古学家。

吴氏延见他，问有什么可以替他为力的。我父说道："没有什么，只求准我随节去解决中俄界务的纠纷，俾我得以研究东北各省的地理。"吴氏对于这个只有秀才底子，在关外长途跋涉之后，差不多已是身无分文的学者，觉得有味。他带了这个少年去干他那历史上有名的差使，得他做了一个最有价值、最肯做事的帮手。

有一次与我父亲同走的一队人，迷陷在一个广阔的大森林之内，三天找不着出路。到粮食告尽，一切侦察均归失败时，我父亲就提议寻觅溪流。溪流是多半流向森林外面去的，一条溪流找到了，他们一班人就顺流而行，得达安全的地方。我父亲作了一首长诗纪念这次的事迹，乃四十年后，我在《论杜威教授系统思想说》的一篇论文里，用这件事实以为例证，虽则我未尝提到他的名字，有好些与我父亲相熟而犹生存着的人，都还认得出这件故事，并写信问我是不是他们故世已久的朋友的一个小儿子。

吴大澂对我父亲虽曾一度向政府荐举他为"有治省才能的人"，政治上却并未得臻通显，历官江苏、台湾后，遂于台湾因中日战争的结果而割让与日本时，以五十五岁的寿诞逝世。

二

我是我父亲的幼儿，也是我母亲的独子。我父亲娶妻凡三次；前妻死于太平天国之乱，乱军掠遍安徽南部各县，将其化为灰烬。次娶生了三个儿子、四个女儿。长子从小便证明是个难望洗心革面的败子。我父亲丧了次妻后，写信回家，说他一定要讨一个纯良强健的、做庄家人家的女儿。

我外祖父务农，于年终几个月内兼业裁缝。他是出身于一个循善的农家，在太平天国之乱中，全家被杀。因他还只是一个小孩子，故被太平军掠做俘虏，带往军中当差。为要防他逃走，他的脸上就刺了"太平天国"四字，终其身都还留着，但是他吃了种种困苦，居然逃了出来，回到家乡，只寻得一片焦土，无一个家人还得活着。他勤苦工作。耕种田地，兼做裁缝，裁缝的手艺，是他在贼营里学来的。他渐渐长成，娶了一房妻子，生下四个儿女，我母亲就是最长的。

我外祖父一生的心愿就是想重建被太平军毁了的家传老屋。他每天早上，太阳未出，便到溪头去拣选三大担石子，分三次挑回废屋的地基。挑完之后，他才去种田或去做裁缝。到了晚上回家时，又去三次，挑了三担石子，才吃晚饭。凡此辛苦恒毅的工作，都给我母亲默默看在眼里，他暗恨身为女儿，毫无一点法子能减轻他父亲的辛苦，促他的梦想实现。

随后来了个媒人，在田里与我外祖父会见，雄辩滔滔的向他替我父亲要他大女儿的庚帖。我外祖父答应回去和家里商量。但到他在晚上把所提的话对他的妻子说了，她就大生气。她说："不行！把我女儿嫁给一个大她三十岁的人，你真想得起？况且他的儿女也有年纪比我们女儿还大的！还有一层，人家自然要说我们嫁女儿给一个老官，是为了钱财体面而把她牺牲的。"于是这一对老夫妻吵了一场。后来做父亲的说："我们问问女儿自己。说来说去，这到底是她自己的事。"

到这个问题对我母亲提了出来，她不肯开口。中国女子遇到同类的情形常是这样的。但她心里却在深思沉想。嫁与中年丧偶、兼有成年儿女的人做填房，送给女家的聘金财扎比一般婚姻却要重得多，这点于她父亲盖房子的计划将大有帮助。况她以前又是见过我父亲的，知道他为全县人所敬重。她爱慕他，愿意嫁他，为的半是英雄崇拜的意识，但大半却是想望帮助劳苦的父亲的孝恩。所以到她给父亲逼着答话，她就坚决地说："只要你们俩都说他是好人，请你们俩做主。男人家四十七岁也不能算是老。"我外祖父听了，叹了一口气，我外祖母可气地跳起来，愤愤地说："好呵！你想做官太太了！好罢，听你情愿罢！"

三

我母亲于一八八九年结婚，时年十七，我则生在一八九一年十二月。我父殁于一八九五年，留下我母亲二十三岁做了寡妇。我父弃世，我母便做了一个有许多成年儿女的大家庭的家长。中国做后母的地位是十分困难的。她的生活自此时起,自是一个长时间的含辛茹苦。

我母亲最大的禀赋就是容忍。中国史书记载唐朝有个皇帝垂询张公仪那位家长,问他家以什么道理能九世同居而不分离拆散。那位老人家因过于衰迈,难以口述,请准用笔写出回答。他就写了一百个"忍"字。中国道德家时常举出"百忍"的故事为家庭生活最好的例子,但他们似乎没有一个曾觉察到许多苦恼、倾轧、压迫和不平,使容忍成了一种必不可少的事情。

那班接脚媳妇凶恶不善的感情,利如锋刃的话语,含有敌意的嘴脸,我母亲事事都耐心容忍。她有时忍到不可再忍,这才早上不起床,柔声大哭,哭她早丧丈夫,她从不开罪她的媳妇,也不提开罪的那件事,但是这些眼泪,每次都有神秘莫测的效果。我总听得有一位嫂嫂的房门开了,和一个妇人的脚步声向厨房走去。不多一会,她转来敲我们房门了。她走进来捧着一碗热茶,送给我的母亲,劝她止哭,母亲接了茶碗,受了她不出声的认错,然后家里又太平清静得个把月。

我母亲虽则并不知书识字,却把她的全副希望放在我的教育上。我是一个早慧的小孩,不满三岁时,就已认了八百多字,都是我父亲每天用红笺方块教我的。我才满三岁零点,便在学堂里念书。我当时是个多病的小孩,没有搀扶,不能跨一个六英寸高的门槛。但我比学堂里所有别的学生都能读能记些。我从不跟着村中的孩子们一块儿玩。更因我缺少游戏,我五岁时就得了"先生"的绰号。十五年后,我在康奈耳大学做二年级时,也同是为了这个弱点,而得了Doc(Doctor缩读,音与dog同,故用作谐称)的浑名。

每天天还未亮时,我母亲便把我喊醒,叫我在床上坐起。她然后把对我父亲所知的一切告诉我。她说她望我踏上他的脚步，她一生只晓得他是最善良最伟大的人。据她说，他是一个多么受人敬重的人，以致在他间或休假回家的时期中，附近烟窟赌馆都改行停业。她对我说我唯有行为好，学业科考成功，才能使他们两老增光；又说她所受的种种苦楚，得以由我勤敏读书来酬偿。我往往眼睛半睁半闭的听。但她除遇有女客与我们同住在一个房间的时候外，罕有不施这番晨训的。

到天大明时，她才把我的衣服穿好，催我去上学。我年稍长，我总是第一个先到学堂，并且差不多每天早晨都是去敲先生的门要钥匙去开学堂的门。钥匙从门缝里递了出来。我隔一会就坐在我的座位上朗朗念书了。学堂里到薄暮才放学，届时每个学生都向朱印石刻的孔夫子大像和先生鞠躬回家。日中上课的时间平均是十二小时。

我母亲一面不许我有任何种类的儿童游戏，一面对于我建一座孔圣庙的孩子气的企图，却给我种鼓励。我是从我同父异母的姊姊的长子，大我五岁的一个小孩那里学来的。他拿各种华丽的色纸扎了一座孔庙，使我心里羡慕。我用一个大纸匣子作为正殿，背后开了一个方洞，用一只小匣子糊上去，做了摆孔子牌位的内堂。外殿我供了孔子的各大贤徒，并贴了些小小的匾对，书着颂扬这位大圣人的字句，其中半系录自我外甥的庙里，半系自书中抄来。在这座玩具的庙前，频频有香烛燃着。我母亲对于我这番有孩子气的虔敬也觉得欢喜，暗信孔子的神灵一定有报应，使我成为一个有名的学者，并在科考中成为一个及第的士子。

我父亲是一个经学家，也是一个严守朱熹（一一三〇——一二〇〇）的新儒教理学的人。他对于释道两教强烈反对。我还记得见我叔父家（那是我的开蒙学堂）的门上有一张日光晒淡了的字条，写着"僧道无缘"几个字。我后来才得知道这是我父亲所遗理学家规例的一部。但是我父亲业已去世,我那彬彬儒雅的叔父,又到皖北去做了一员小吏,而我的几位哥子则都在上海。剩在家里的妇女们,对于我父亲的理学遗规,没有什么拘束了。他们遵守敬奉祖宗的常礼,并随风俗时会所趋,而自由礼神拜佛。观音菩萨是他们所最爱的神,我母亲是为了出于焦虑我的健康福祉的念头,也做了观音的虔诚信士。我记得有一次她到山上观音阁里去进香,她虽缠足,缠足是苦了一生的,在整段的山路上,还是步行来回。

我在村塾(村中共有七所)里读书。读了九年(一八九五——一九〇四)。在此期间,我读习并记诵了下列几部书:

1.《孝经》:孔子后的一部经籍,作者不明。
2.《小学》:一部论新儒教道德学说的书,普通谓系宋哲朱烹所作。
3.《四书》:《论语》、《孟子》、《大学》、《中庸》。
4.《五经》中的四经:《诗经》、《尚书》、《易经》、《礼记》。

我母亲对于家用向来是节省的,而付我先生的学金,却坚要比平常要多三倍。平常学金两块银元一年,她首先便送六块钱,后又逐渐增加到十二元。由增加学金这一点小事情,我得到千百倍于上述数目比率所未能给的利益。因为那两元的学生,单单是高声朗读,用心记诵,先生从不劳神去对他讲解所记的字。独我为了有额外学金的缘故,得享受把功课中每字每句解给我听,就是将死板文字译作白话这项难得的权利。

我年还不满八岁,就能自己念书,由我二哥的提议,先生使我读《资治通鉴》。这部书,实在是大历史家司马光于一〇八四年所辑编年式的中国通史。这番读史,使我发生很大的兴趣,我不久就从事把各朝代各帝王各年号编成有韵的歌诀,以资记忆。

随后有一天，我在叔父家里的废纸箱中，偶然看见一本《水浒传》的残本，便站在箱边把它看完了。我跑遍全村，不久居然得着全部。从此以后，我读尽了本村邻村所知的小说。这些小说都是用白话或口语写的，既易了解、又有引人入胜的趣味。它们教我人生，好的也教，坏的也教，又给了我一件文艺的工具，若干年后，使我能在中国开始民众所称为"文学革命"的运动。

其时，我的宗教生活经过一个特异的激变。我系生长在拜偶像的环境，习于诸神凶恶丑怪的面孔，和天堂地狱的民间传说。我十一岁时，一日，温习朱子的《小学》，这部书是我能背诵而不甚了解的。我念到这位理学家引司马光那位史家攻击天堂地狱的通俗信仰的话。这段话说："形既朽灭，神亦飘散，虽有判烧舂磨，亦无所施。"这话好像说得很有道理，我对于死后审判的观念，就开始怀疑起来。

往后不久，我读司马光的《资治通鉴》，读到第一百三十六卷中有一段，使我成了一个无神论者。所说起的这一段，述纪元五世纪名范缜的一位哲学家，与朝众竞辩"神灭论"。朝廷当时是提倡大乘佛法的。范缜的见解，由司马光摄述为这几句话："形者神之质地，神者形之用也。神之于形，犹利之于刃。未闻刃没而利存，岂容形灭而神在哉。"

这比司马光的形灭神散的见解——一种仍认有精神的理论——还更透彻有理。范缜根本否认精神为一种实体，谓其仅系神之用。这一番化繁为简合着我儿童的心胸。读到"朝野喧哗，难之，终不能屈"，更使我心悦。

同在那一段内，又引据范缜反对因果轮回说的事。他与竟陵王谈论，王对他说："君不信因果，何得有富贵贫贱？"范缜答道："人生如树花同发，随风而散；或拂帘幌，坠茵席之上；或关篱墙，落粪涵之中。堕茵席者，殿下是也；落粪涵者，下官是也。贵贱虽复殊途，因果竟在何处？"

因果之说，由印度传来，在中国人思想生活上已成了主要部分的少数最有力的观念之一。中国古代道德家，常以"善有善报，恶有恶报"为训。但在现实生活上并不真确。佛教的因果优于中国果报观念的地方，就是可以躲过这个问题，将其归之于前世来世不断的轮回。

但是范缜的比喻，引起了我幼稚的幻想，使我摆脱了噩梦似的因果绝对论，这是以偶然论来对定命论。而我以十一岁的儿童就取了偶然论而叛离了运命，我在那个儿童时代是没有牵强附会的推理的，仅仅是脾性的迎拒罢了。我是我父亲的儿子，司马光和范缜又得了我的心。仅此而已。

四

但是这一种心境的激变，在我早年不无可笑的结果，一九〇三年的新年里，我到我住在二十四里外的大姊家去拜年。在她家住了几天，我和她的儿子回家，他是来拜我母亲的年的。他家的一个长工替他挑着新年礼物。我们回到路上，经过一个亭子，供着几个奇形怪状的神像。我停下来对我外甥说："这里没有人看见，我们来把这几个菩萨抛到污泥坑里去罢。"我这带孩子气的毁坏神像主张，把我的同伴大大地吓住了。他们劝我走路，莫去惹那些本来已经濒于危境的神道。

这一天正是元宵灯节，我们到了家中，家里有许多客人，我的肚子已经饿了，开饭的时候，我外甥又劝我喝了上杯烧酒。酒在我的肚子里，便作怪起来。我不久便在院子里跑，喊月亮下来看灯。我母亲不悦，叫人来捉我。我在他们前头跑，酒力因我跑路，作用更起得快。我终被捉住，但还努力想挣脱。我母亲抱住我，不久便有许多人朝我们围拢来。

我心里害怕，便胡言乱道起来。于是我外甥家的长工走到我母亲身边，低低地说："外婆，我想他定是精神错乱了。恐怕是神道怪了他。今天下午我们路过三门亭，他提议要把几尊菩萨抛到污泥坑里去。一定是这番话弄出来的事。"我窃听了长工的话，忽然想出一条妙计。我喊叫得更凶，好像我就真是三门亭的一个神一样。我母亲于是便当空焚香祷告，说我年幼无知无咎，许下如果蒙神恕我小孩子的罪过，定到亭上去烧香还愿。

这时候，得报说龙灯来了，在我们屋里的人，都急忙跑去看，只剩下我和母亲两个人。一会儿我就睡着了。母亲许的愿，显然是灵应了。一个月后，我母亲和我上外婆家去，她叫我恭恭敬敬地在三门亭还我们许下的愿。

五

我年甫十三，即离家上路七日，以求"新教育"于上海。自这次别离后，我于十四年之中，只省候过我母亲三次，一总同她住了大约七个月。出自她对我伟大的爱忱，她送我出门，分明没有洒过一滴眼泪就让我在这广大的世界中，独自求我自己的教育和发展，所带着的，只是一个母亲的爱、一个读书的习惯和一点点怀疑的倾向。

我在上海过了六年（一九○四——一九一○），在美国过了七年（一九一○——一九一七）。在我停留在上海的时期内，我经历过三个学校（无一个是教会学校），一个都没有毕业，我读了当时所谓的"新教育"的基本东西，以历史、地理、英文、数学，和一点零碎的自然科学为主。从故林纤氏及其他请人的意译文字中，我初次认识一大批英国和欧洲的小说家，司各提（Scott）、狄更斯（Dickens）、大小仲马、嚣俄（Hugo），以及托尔斯泰（Tolstoy）等氏的都在内。我读了中国上古、中古几位非儒教和新儒教哲学家的著作，并喜欢墨翟的兼爱说与老子、庄子有自然色彩的哲学。

从当代力量最大的学者梁启超氏的通俗文字中，我渐得略知霍布士（hobbes）、笛卡儿（Descartes）、卢梭（Rousseau）、宾坦（Bentham）、康德（Kant）、达尔文（Darwin）等诸泰西思想家。梁氏是一个崇拜近代西方文明的人，连续发表了些文字，坦然承认中国人以一个民族而言，对于欧洲人所具有许多良好特性，感受缺乏；显著的是注重公共道德，国家思想，爱冒险，私人权利观念与热心防其被侵，爱自由，自治能力，结合的本事与组织的努力，注意身体的培养与健康等。就是这几篇文字猛力把我以我们古旧文明为自足，除战争的武器，商业转运的工具外，没有什么要向西方求学的这种安乐梦中，震醒出来。它们开了给我，也就好像开了给几千几百别的人一样，对于世界整个的新眼界。

我又读过严复所译穆勒（John Stuart Mill）的《自由论》（On Liberty）和赫胥黎（Huxley）的《天演论》（Evolution and Ethic）。严氏所译赫胥黎的论著，于一八九八年就出版，并立即得到知识阶级的接受。有钱的人拿钱出来翻印新版以广流传（当时并没有版权），因为有人以达尔文的言论，尤其是它在社会上与政治上的运用，对于一个感受惰性与儒滞日久的民族，乃是一个合宜的刺激。

数年之间,许多的进化名词在当时报章杂志的文字上,就成了口头禅。无数的人,都采来做自己的和儿辈的名号,由是提醒他们国家与个人在生存竞争中消灭的祸害。向尝一度闻名的陈炯明以"竞存"为号。我有两个同学名杨天择和孙竞存。

就是我自己的名字,对于中国以进化论为时尚,也是一个证据。我请我二哥替我起个学名的那天早晨,我还记得清楚。他只想了一刻,他就说,"'适者生存'中的'适'字怎么样?"我表同意;先用来做笔名,最后于一九一〇年就用作我的名字。

六

我对于达尔文与斯宾塞两氏进化假说的一些知识,很容易的与几个中国古代思想家的自然学说连了起来。例如在道家伪书《列子》所述的下面这个故事中,发现二千年前有一个一样年轻,同抱一样信仰的人,使我的童心欢悦:齐田氏祖于庭,食客千人。中坐有献鱼雁者,田氏视之,乃叹曰:"天之于民厚矣!殖五谷,生鱼鸟以为之用。"众客和之如响。鲍氏之子,年十二,预于次,进曰:"不如君言。天地万物,与我并生,类也。类无贵贱,徒以大小智力而相制,迭相食,非相为而生之。人取可食者而食之,岂天本为人而生之,且蚊蚋哈肤,虎狼食肉,岂天本为蚊的生人,虎狼生肉者哉?"

一九〇六年,我在中国公学同学中,有几位办了一个定期刊物,名《竞业旬报》,——达尔文学说通行的又一例子——其主旨在以新思想灌输于未受教育的民众,系以白话刊行。我被邀在创刊号撰稿。一年之后,我独自做编辑。我编辑这个杂志的工作不但帮助我启发运用现行口语为一种文艺工具的才能,且以明白的话语及合理的次序,想出自我幼年就已具了形式的观念和思想。在我为这个杂志所著的许多论文内，我猛力攻击人民的迷信，且坦然主张毁弃神道，兼持无神论。

一九〇八年，我家因营业失败，经济大感困难。我于十七岁上，就必须供给我自己读书，兼供养家中的母亲。我有一年多停学，教授初等英文，每日授课五小时，月得修金八十元。一九一〇年，我教了几个月的国文。

那几年（一九〇九——九一〇）是中国历史上的黑暗时代，也是我个人历史上的黑暗时代。革命在好几省内爆发，每次都归失败。中国公学原是革命活动的中心，我在那里的旧同学参加此等密谋的其繁有徒，丧失生命的为数也不少。这班政治犯有好些来到上海与我住在一起，我们都是意气消沉，厌世悲观的。我们喝酒，作悲观的诗词，日夜谈论，且往往作没有输赢的赌博。我们甚至还请了一个老伶工来教我们唱戏。有一天早上，我作了一首诗，中有这一句："霜浓欺日淡"！

意气消沉与执劳任役驱使我们走入了种种的流浪放荡。有一个雨夜，我喝酒喝得大醉，在镇上与巡捕角斗，把我自己弄进监里去关了一夜。到我次晨回寓，在镜中看出我脸上的血痕，就记起李白饮酒歌中的这一句："有人用武力，任出吾身物。"我决心脱离教书和我的这班朋友。下了一个月的苦功夫，我就前往北京投考用美国退还庚子赔款所设的学额。我考试及格，即于七月间放洋赴美。

七

我到美国，满怀悲观。但不久便交结了些朋友，对于那个国家和人民都很喜爱。美国人出自天真的乐观与朝气给了我很好的印象。在这个地方，似乎无一事一物不能由人类智力做得成的。我不能避免这种对于人生持有喜气的眼光的传染，数年之间，就渐渐治疗了我少年老成的态度。

我第一次去看足球比赛时，我坐在那里以哲学的态度看球赛时的粗暴及狂叫欢呼为乐。而这种狂叫欢呼在我看来，似乎是很不够大学生的尊严的。但是到竞争愈渐激烈，我也就开邮悟这种热心。随后我偶然回头望见白了头发的植物学教授劳理先生（Mr.W.W.Rowlee）诚心诚意地在欢呼狂叫，我觉得如是的自惭，以致我不久也就热心的陪着众人欢呼了。

就是在民国初年最黑暗的时期内，我还是想法子打起我的精神。在致一个华友的信里面，我说道："除了你我自己灰心失意，以为无希望外，没有事情是无希望的。"在我的日记上，我记下些引录的句子，如引克洛浦（Clough）的这一句："如果希望是麻醉物，恐惧就是作伪者。"又如我自己译自勃朗宁的这一节诗：

从不转背而挺身向前，
从不怀疑云要破裂，
虽合理的弄糟，违理的占胜，
而从不作迷梦的，相信我们沉而再升，败而再战，
睡而再醒。

一九一四年一月，我写这一句在我的日记上："我相信我自离开中国后，所学得的最大的事情，就是这种乐观的人生哲学了。"一九一五年，我以关于勃朗宁最优的论文得受柯生奖金。我论文的题目是《勃朗宁乐观主义辩》。我想来大半是我渐次改变了的人生观使我于替他辩护

时，以一种诚信的意识来发言。

我系以在康奈耳大学做纽约农科学院的学生开始我的大学生涯。我的选择是根据了当时中国盛行的，谓中国学生须学点有用的技艺，文学、哲学是没有什么实用的这个信念。但是也有一个经济的动机。农科学院当时不收学费，我心想或许还能够把每月的月费省下一部来汇给我的母亲。

农场上的经验我一点都不曾有过，并且我的心也不在农业上。一年级的英国文学及德文课程，较之农场实习和养果学，反使我感觉兴趣。踌躇观望了一年又半，我最后转入文理学院，一次缴纳四个学期的学费，就是使我受八个月困境的处分。但是我对于我的新学科觉得更为自然，从不懊悔这番改变。

有一科《欧洲哲学史》- ——归故克莱顿教授那位恩师主持，——领导我以哲学做了主科。我对于英国文学与政治学也深有兴趣。康奈耳的哲学院是唯心论的重镇。在其领导之下，我读了古代近代古典派哲学家比较重要的著作，我也读过晚近唯心论者如布拉特莱、鲍森模等的作品，但是他们提出的问题从未引起我的兴趣。

一九一五年，我往哥林比亚大学，就学于杜威教授，直至一九一七年我回国之时为止。得着杜威的鼓励，我著成我的论文《先秦名学史》这篇论文，使我把中国古代哲学著作重读一遍，并立下我对于中国思想史的一切研究的基础。

八

我留美的七年间，我有许多课外的活动，影响我的生命和思想，说不定也与我的大学课业一样。当意气颓唐的时候，我对于基督教大感兴趣，且差不多把《圣经》读完。一九一一年夏，我出席于在宾雪凡尼亚普柯诺派思司举行的中国基督教学生会的大会做来宾时，我几乎打定主意做了基督徒。

但是我渐渐地与基督教脱离，虽则我对于其发达的历史曾多有习读，因为有好久时光我是一个信仰无抵抗主义的信徒。耶稣降生前五百年，中国哲学家老子曾传授过上善若水，水善应万物而不争。我早年接收老子的这个教训，使我大大的爱着《登山宝训》。

一九一四年，世界大战爆发，我深为比利时的命运所动，而成了一个确定的无抵抗者。我在康奈耳大同俱乐部住了三年，结交了许多各种国籍的热心朋友。受着像那士密氏和麦慈那样唯心的平和论者的影响，我自己也成了一个热心的平和论者。大学废军联盟因维腊特的提议而成立于一九一五年，我是其创办人之一。

到后来，各国际政体俱乐部成立，我在那士密氏和安格尔的领导之下，做了一个最活动的会员，且曾参加过其起首两届的年会。一九一六年，我以我的论文《国际关系中有代替武力的吗？》得受国际政体俱乐部的奖金。在这篇论文里，我阐明依据以法律为有组织的武力建立一个国际联盟的哲理。

我的平和主义与国际大同主义往往使我陷入十分麻烦的地位。日本由攻击德国在山东的领土以加入世界大战时，向世界宣布说，这些领土"终将归还中国"。我是留美华人中唯一相信这个宣言的人,并以文字辩驳说,日本于其所言,说不定是意在必行的。关于这一层,我为许多同辈的学生所嘲笑。及一九一五年日本提出有名的对华二十一条件,留美学生,人人都赞成立即与日本开战。我写了一封公开的信给《中国留美学生月报》,劝告处之以温和,持之以冷静。我为这封信受了各方面的严厉攻击,屡被斥为卖国贼。战争是因中国接受一部要求而得避免了,但德国在华领土则直至七年之后才交还中国。

我读易卜生、莫黎和赫胥黎诸氏的著作,教我思考诚实与发言诚实的重要。我读过易卜生所有的戏剧,特别爱看《人民之敌》、莫黎的《论妥协》,先由我的好友威廉思女士介绍我,她是一直做了左右我生命最重要的精神力量。莫黎曾教我:"一种主义,如果健全的话,是代表一种较大的便宜的。为了一时似是而非的便宜而将其放弃,乃是为小善而牺牲大善。疲弊时代,剥夺高贵的行为和向上的品格,再没有什么有这样拿得定的了。"

赫胥黎还更进一步教授一种理知诚实的方法。他单单是说:"拿也如同可以证明我相信别的东西为合理的那种种证据来,那么我就相信人的不朽了。向我说类比和或能是说无用的。我说我相信倒转平方律时,我是知道我意何所指的,我必不把我的生命和希望放在较弱的信证上。"赫胥黎也曾说过:"一个人生命中最神圣的举动,就是说出并感觉得我相信某项某项是真的。生在世上一切最大的赏,一切最重要的罚,都是系在这个举动上"。

人生最神圣的责任是努力思想得好,我就是从杜威教授学来的。或思想得不精,或思想而不严格的到它的前因后果,接受现成的整块的概念以为思想的前提,而于不知不觉间受其个人的影响,或多把个人的观念由造成结果而加以测验，在理知上都是没有责任心的。真理的一切最大的发现，历史上一切最大的灾祸，都有赖于此。

杜威给了我们一种思想的哲学，以思想为一种艺术，为一种技术。在《思维术》和《实验逻辑论文集》里面，他制出这项技术。我察中不但于实验科学上的发明为然，即于历史科学上最佳的探讨，内容的详定，文字的改造，及高等的批评等也是如此。在这种种境域内，曾由同是这个技术而得到最佳的结果。这个技术主体上是具有大胆提出假设，和（加）上诚恳留意于制裁与证实。这个实验的思想技术，堪当创造的智力这个名称，因其在运用想象机智以寻求证据，做成实验上，和在自思想有成就的结实所发出满意的结果上，实实在在是有创造性的。

奇怪之极，这种功利主义的逻辑竟使我变成了一个做历史探讨工作的人。我曾用进化的方法去思想，而这种有进化性思想习惯，就做为我此后在思想史及文学工作上的成功之钥。尤更奇怪的，这个历史的思想方法并没有使我成为一个守旧的人，而时常是进步的人。例如，我在中国对于文学革命的辩论，全是根据无可否认的历史进化的事实，且一向都非我的对方所能答复得来的。

九

我母亲于一九一八年逝世。她的逝世，就是引导我把我在这广大世界中摸索了十四年多些的信条第一次列成条文的时机。这个信条系于一九一九年发表在以《不朽》为题的一篇文章里面。

因有我在幼童时期读书得来的学识，我早久就已摒弃了个人死后生存的观念了。好多年来，我都是以一种"三不朽"的古说为满意，这种古说我是在《春秋左氏传》里面找出来的。传记里载贤臣叔孙豹于纪元前五四八年谓有立德、立功、立言三不朽。此三者"虽久不忘,此之谓不朽"。这种学说引动我心有如是之甚,以致我每每向我的外国朋友谈起,并给了它一个名字,叫做"三W的不朽主义"。

我母亲的逝世使我从新想到这个问题,我就开始觉得三不朽的学说有修正的必要。第一层,其弱点在太过概括一切。在这个世界上,有多少人其在德行功绩言语上的成就,其哲理上的智慧能久久不忘的呢?例如哥伦布是可以不朽了,但是他那些别的水手怎样呢?那些替他造船或供给他用具的人,那许多或由作有勇敢的思考,或由在海洋中作有成无成的探险,替他铺下道路的前导又怎样呢?简括的说,一个人应有多大的成就,才可以得不朽呢?

次一层,这个学说对于人类的行为没有消极的裁制。美德固是不朽的了,但是恶德又怎样呢?我们还要再去借重审判日或地狱之火吗?

我母亲的活动从未超出家庭间琐屑细事之外,但是她的左右力,能清清楚楚的从来吊祭她的男男女女的脸上看得出来。我检阅我已死的母亲的生平,我追忆我父亲个人对她毕生左右的力量,及其对我本身垂久的影响,我遂诚信一切事物都是不朽的。我们所做的一切什么人,我们所干的一切什么事,我们所讲的一切什么话,从在世界上某个地方自有其影响这个意义看来,都是不朽的。这个影响又将依次在别个地方有其效果,而此事又将继续入于无限的空间与时间。

正如列勃涅慈有一次所说:"人人都感觉到在宇宙中所经历的一切,以及那目睹一切的人,可以从经历其他各处的事物,甚至曾经并将识别现在的事物中,解识出在时间与空间上已被移动的事物。我们是看不见一切的，但一切事物都在那里，达到无穷境无穷期"。一个人就是他所吃的东西，所以达柯塔的务农者，加利芳尼亚的种果者，以及千百万别的粮食供给者的工作，都是生活在他的身上。一个人就是他所想的东西，所以凡曾于他有所左右的人——自苏格拉底、柏拉图、孔子以至于他本区教会的牧师和抚育保姆——都是生活在他的身上。一个人也就是他所享乐的东西，所以无数美术家和以技取悦的人，无论现尚生存或久已物故，有名无名，崇高粗俗，都是生活在他的身上。诸如此类，以至于无穷。

一千四百年前，有一个人写了一篇论"神灭"的文章，被认为亵渎神圣，有如是之甚，以致其君皇敕七十个大儒来相驳难，竟给其驳倒。但是五百年后，有一位史家把这篇文章在他的伟大的史籍中纪了一个撮要。又过了九百年，然后有一个十一岁的小孩偶然碰到这个三十五个字的简单撮要，而这三十五个字，于埋没了一千四百年之后，突然活了起来而生活于他的身上，更由他而生活于几千几百个男男女女的身上。

一九一二年，我的母校来了一位英国讲师，发表一篇演说：《论中国建立共和的不可能》。他的演讲当时我觉得很为不通，但是我以他对于母音"O"的特异的发音方法为有趣，我就坐在那里摹拟以自娱。他的演说久已忘记了，但是他对于母音"O"的发音方法，这些年来却总与我不离，说不定现在还在我的成百上千个学生的口上，而从没有觉察到是由于我对于布兰特先生的恶作剧的模仿，而布兰特先生也是从不知道的。

两千五百年前，希马拉雅山的一个山峡里死了一个乞丐。他的尸体在路旁已在腐溃了，来了一个少年王子，看见这个怕人的景象，就从事思考起来。他想到人生及其他一切事物的无常，遂决心脱离家庭，前往旷野中去想出一个自救以救人类的方法。多年后，他从旷野里出来，做了释迦佛，而向世界宣布他所找出的拯救的方法。这样，甚至一个死乞丐尸体的腐溃，对于创立世界上一个最大的宗教，也曾不知不觉的贡献了其一部分。

这一个推想的线索引导我信了可以称为社会不朽的宗教，因为这个推想在大体上全系根据于社会对我的影响，日积月累而成小我，小我对于其本身是些什么，对于可以称社会、人类或大自然的那个大我有些什么施为，都留有一个抹不去的痕迹这番意思。小我是会要死的，但是他还是继续存活在这个大我身上。这个大我乃是不朽的，他的一切善恶功罪，他的一切言行思想，无论是显著的或细微的，对的或不对的，有好处或有坏处——样样都是生存在其对于大我所产生的影响上。这个大我永远生存，做了无数小我胜利或失败的垂久宏大的佐证。

这个社会不朽的概念之所以比中国古代三不朽学说更为满意，就在于包括英雄圣贤，也包括贱者微者，包括美德，也包括恶德，包括功德，也包括罪孽。就是这项承认善的不朽，也承认恶的不朽，才构成这种学说道德上的许可。一具死尸的腐烂可以创立一个宗教，但也可以为患全个大陆。一个酒店侍女偶发一个议论，可以使一个波斯僧侣豁然大悟，但是一个错误的政治或社会改造议论，却可以引起几百年的杀人流血。发现一个极微的杆菌，可以福利几千百万人，但是一个害痨的人吐出的一小点痰涎，也可以害死大批的人，害死几世几代。

人所做的恶事，的确是在他们身后还存在的！就是明白承认行为的结果才构成我们道德责任的意识。小我对于较大的社会的我负有巨大的债项，把他干的什么事情，作的什么思想，做的什么人物，概行对之负起责任，乃是他的职分。人类之为现在的人类，固是由我们祖先的智行愚行所造而成，但是到我们做完了我们分内时，我们又将由人类将成为怎么样而受裁判了。我们要说，"我们之后是大灾大厄"吗？抑或要说，

"我们之后是幸福无疆"吗?

十

一九二三年,我又得了一个时机把我的信条列成更普通的条文。地质学家丁文江氏所著,在我所主编的一个周报上发表,论《科学与人生观》的一篇文章,开始了一场用差不多延持了一个足年的长期论战。在中国凡有点地位的思想家。全都曾参与其事。到一九二三年终,由某个善经营的出版家把这论战的文章收集起来,字数竟达二十五万。我被请为这个集子作序。我的序言给这本已繁重的文集又加了一万字,而以我所拟议的"新宇宙观和新人生观的轮廓"为结论,不过有些含有敌意的基督教会,却以恶作剧的口吻,称其为"胡适的新十诫",我现在为其自有其价值而选择出来:

(1)根据于天文学和物理学的知识,叫人知道空间的无限之大。

(2)根据于地质学及古生物学的知识,叫人知道时间的无穷之长。

(3)根据于一切科学,叫人知道宇宙及其中万物的运行变迁皆是自然的,——自己如此的,——正用不着什么超自然的主宰或造物者。

(4)根据于生物学的科学知识,叫人知道生物界的生存竞争的浪费与惨酷,——因此叫人更可以明白那"有好生之德"的主宰的假设是不能成立的。

(5)根据于生物学、生理学、心理学的知识,叫人知道人不过是动物的一种;他和别种动物只有程序的差异,并无种类的区别。

(6)根据于生物的科学及人类学、人种学、社会学的知识,叫人知道生物及人类社会演进的历史和演进的原因。

(7)根据于生物的及心理的科学,叫人知道一切心理的现象都是有因的。

（8）根据于生物学及社会学的知识，叫人知道道德礼教是变迁的，而变迁的原因都是可以用科学的方法寻求出来的。

（9）则根据于新的物理化学的知识，叫人知道物质不是死的，是活的；不是静的，是动的。

（10）根据于生物学及社会学的知识，叫人知道个人——"小我"——是要死灭的，而人类——"大我"——是不死的，不朽的；叫人知道"为全种万世而生活"就是宗教，就是最高的宗教。而那些替个人谋死后的"天堂""净土"的宗教，乃是自私自利的宗教。

我结论道："这种新人生观是建筑在二三百年的科学常识之上的一个大假设，我们也许可以给他加上'科学的人生观'的尊号。但为避免无谓的争论起见，我主张叫他做'自然主义的人生观'。

"我们在那个自然的宇宙里，在那无穷之大的空间里，在那无穷之长的时间里，这个平均高五尺六寸，上寿不过百年的两手动物——人——真是一个藐乎其小的微生物了。在那个自然主义的宇宙里，天行是有常度的，物变是有自然法则的，因果的大法支配着他——人——的一切生活，生存竞争的惨剧鞭策着他的一切行为，——这个两手动物的自由真是很有限的了。

"然而那个自然主义的宇宙里的这个渺小的两手动物，却也有他的相当的地位和相当的价值。他用的两手和一个大脑，居然能做出许多器具，想出许多方法，造成一点文化。他不但驯服了许多禽兽，他还能考究宇宙间的自然法则，利用这些法则来驾驭天行，到现在他居然能叫电气给他赶车，以太阳给他送信了。

"他的智慧的长进就是他的能力的增加。然而智慧的长进却又使的胸襟扩大，想象力提高。他也曾拜物拜畜生，也曾怕神怕鬼，但他现在渐渐地脱离了这种种幼稚的时期，他现在渐渐明白：空间之大只增加他对于宇宙的美感；时间之长只使帅外明了祖宗创业之艰难；天行之有常只增加他制裁自然界的能力。

"甚至于因果律之笼罩一切，也并不见得束缚他的自由。因为因果律的作用，一方面使他可以由因求果，由果推因，解释过去，预测未来；一方面又使他可以运用他的智慧，创造新因，以求新果。甚至于生存竞争的观念也并不见得就使他成为一个冷酷无情的畜生，也许还可以格外增加他对于同类的同情心，格外使他深信互助的重要，格外使他注重人为的努力，以减免天然竞争的惨酷与浪费。总而言之，这个自然主义的人生观里，未尝没有美，未尝没有诗意，未尝没有道德的责任，未尝没有充分运用创造的智慧的机会。"

归 国 杂 感

我在美国动身的时候,有许多朋友对我道:"密司忒胡,你和中国别了七个足年了,这七年之中,中国已经革了三次的命,朝代也换了几个了。真个是一日千里的进步。你回去时,恐怕要不认得那七年前的老大帝国了。"我笑着对他们说道:"列位不用替我担忧。我们中国正恐怕进步太快,我们留学生回去要不认得他了,所以他走上几步,又退回几步。他正在那里回头等我们回去认旧相识呢。"

这话并不是戏言,乃是真话。我每每劝人回国时莫存大希望;希望越大,失望越大。所以我自己回国时,并不曾怀什么大希望。果然船到了横滨,便听得张勋复辟的消息。如今在中国已住了四个月了,所见所闻,果然不出我所料。七年没见面的中国还是七年前的老相识!到上海的时候,有一天,一位朋友拉我到大舞台去看戏。我走进去坐了两点钟,出来的时候,对我的朋友说道:"这个大舞台真正是中国的一个绝妙的缩本模型。你看这大舞台三个字岂不很新?外面的房屋岂不是洋房?这里面的座位和戏台上的布景装潢岂不是西洋新式?但是做戏的人都不过是赵如泉、沈韵秋、万盏灯、何家声、何金寿这些人。没有一个不是二十年前的旧古董!我十三岁到上海的时候,他们已成了老角色了。如今又隔了十三年了,却还是他们在台上撑场面。这十三年造出来的新角色都到哪里去了呢?你再看那台上做的《举鼎观画》。那祖先堂上的布景，岂不很完备？只是那小薛蛟拿了那老头儿的书信，就此跨马加鞭，却忘记了台。上布的景是一座祖先堂！又看那出《四进士》。台上布景，明明有了门了，那宋士杰却还要做手势去关那没有的门；上公堂时，还要跨那没有的门槛！你看这二十年前的旧古董在二十世纪的大舞台上做戏；装上了二十世纪的新布景，却偏要在那二十年前的旧手脚！这不是一副绝妙的中国现势图吗？"

我在上海住了十二天，在内地住了一个月，在北京住了两个月，在路上走了二十天，看了两件大进步的事：第一件是"三炮台"的纸烟，居然行到我们徽州去了；第二件是"扑克"牌居然比麻雀牌还要时髦了。"三炮台"纸烟还不算稀奇，只有那"扑克"牌何以会这样风行呢？有许多老先生向来学A、B、C、D，是很不行的，如今打起"扑克"来，也会说"恩德"，"累死"，"接客倭彭"了！这些怪不好记的名词，何以会这样容易上口呢？他们学这些名词这样容易，何以学正经的A、B、C、D，又那样蠢呢？我想这里面很有可以研究的道理。新理想行不到徽州，恐怕是因为新思想没有"三炮台"那样中吃罢？A、B、C、D，容易教，恐怕是因为教的人不得其法罢？

我第一次走过四马路，就看见了三部教"扑克"的书。我心想"扑克"的书已有这许多了，那别种有用的书，自然更不少了，所以我就花了一天的工夫，专去调查上海的出版界。我是学哲学的，自然先寻哲学的书。不料这几年来，中国竟可以算得没有出过一部哲学书。找来找去，找到一部《中国哲学史》，内中王阳明占了四大页，《洪范》倒占了八页！还说了些"孔子既受天之命"，"与天地合德"的话。又看见一部《韩非子精华》，删去了《五蠹》和《显学》两篇，竟成了一部《韩非子糟粕》了。文学书内，只有一部王国维的《宋元戏曲史》是很好的。又看见一家书目上有翻译的莎士比亚剧本，找来一看，原来把会话体的戏剧，都改作了《聊斋志异》体的叙事古文！又看见一部《妇女文学史》，内中苏蕙的回文诗足足占了六十页！又看见《饮冰室丛著》内有《墨学微》一书，我是喜欢看看墨家的书的人，自然心中很高兴。不料抽出来一看，原来是任公先生十四年前的旧作，不曾改了一个字！此外只有一部《中国外交史》，可算是一部好书，如今居然到了三版了。这件事还可以使人乐观。此外那些新出版的小说，看来看去，实在找不出一部可看的小说。有人对我说，如今最风行的是一部《新华春梦记》，这也可以想见中国小说界的程度了。

总而言之，上海的出版界——中国的出版界——这七年来简直没有两三部以上可看的书！不但高等学问的书一部都没有，就是要找一部轮船上火车上消遣的书，也找不出！（后来我寻来寻去，只寻得一部吴稚晖先生的《上下古今谈》，带到芜湖路上去看。）我看了这个怪现状，真可以放声大哭。如今的中国人，肚子饿了，还有些施粥的厂把粥给他们吃。只是那些脑子叫饿的人可真没有东西吃了。难道可以把《九尾龟》、《十尾龟》来充饥吗？

中文书籍既是如此，我又去调查现在市上最通行的英文书籍。看来看去，都是些什么莎士比亚的《威匿思商》、《麦克白传》，阿狄生的《文报选录》，戈司密的《威克斐牧师》，欧文的《见闻杂记》……大概都是些十七世纪十八世纪的书。内中有几部十九世纪的书，也不过是欧文、狄更斯、司各脱、麦考来几个人的书，都是和现在欧美的新思潮毫无关系的。怪不得我后来问起一位有名的英文教习，竟连萧伯纳的名字也不曾听见过，不要说安德烈夫了。我想这都是现在一班教会学堂出身的英文教习的罪过。这些英文教习，只会用他们先生教过的课本。他们的先生又只会用他们先生的先生教过的课本。所以现在中国学堂所用的英文书籍，大概都是教会先生的太老师或太太老师们教过的课本！怪不得和现在的思想潮流绝无关系了。

有人说,思想是一件事,文字又是一件事,学英文的人何必要读与现代新思潮有关系的书呢?这话似乎有理,其实不然。我们中国学英文,和英国美国的小孩子学英文,是两样的。我们学西洋文字,不单是要认得几个洋字,会说几句洋话,我们的目的在于输入西洋的学术思想,所以我以为中国学校教授西洋文字,应该用一种"一箭射双雕"的方法,把"思想"和"文字"同时并教。例如教散文,与其用欧文的《见闻杂记》,或阿狄生的《文报选录》,不如用赫胥黎的《进化杂论》。又如教戏曲,与其教萧士比亚的《威匿思商》,不如用Bernard Shaw的Androcles and the Lion或是Galsworthy的Strife或Justice。又如教长篇的文字,与其教麦考来的《约翰生行述》不如教弥尔的《群己权界论》……我写到这里,忽然想起日本东京丸善书店的英文书目。那书目上,凡是英美两国一年前出版的新书,大概都有。我把这书目和商务书馆与伊文思书馆的书目一比较,我几乎要羞死了。

我回中国所见的怪现状,最普通的是"时间不值钱"。中国人吃了饭没有事做,不是打麻雀,便是打"扑克"。有的人走上茶馆,泡了一碗茶,便是一天了。有的人拿一只鸟儿到处逛逛,也是一天了。更可笑的是朋友去看朋友,一坐下便生了根了,再也不肯走。有事商议,或是有话谈论,倒也罢了。其实并没有可议的事,可说的话。我有一天在一位朋友处有事,忽然来了两位客,是××馆的人员。我的朋友走出去会客,我因为事没有完,便在他房里等他。我以为这两位客一定是来商议这××馆中什么要事的。不料我听得他们开口道:"××先生,今回是打津浦火车来的,还是坐轮船来的?"我的朋友说是坐轮船来的。这两位客接着便说轮船怎样不便,怎样迟缓。又从轮船上谈到铁路上,从铁路上又谈到现在中交两银行的钞洋跌价。因此又谈到梁任公的财政本领，又谈到梁士诒的行踪去迹……谈了一点多钟，没有谈上一句要紧的话。后来我等的没法了，只好叫听差去请我的朋友。那两位客还不知趣，不肯就走。我不得已，只好跑了，让我的朋友去领教他们的"二梁优劣论"罢！

美国有一位大贤名弗兰克令（BenJamin Franklin）的，曾说道："时间乃是造成生命的东西。"时间不值钱，生命仍然也不值钱了。上海那些拣茶叶的女工，一天拣到黑，至多不过得二百个钱，少的不过得五六十钱。茶叶店的伙计，一天做十六七点钟的工，一个月平均只拿得两三块钱！还有那些工厂的工人，更不用说了。还有那些更下等，更苦痛的工作，更不用说了。人力那样不值钱，所以卫生也不讲究，医药也不讲究。我在北京上海看那些小店铺里和穷人家里的种种不卫生，真是一个黑暗世界。至于道路的不洁净，瘟疫的流行，更不消说了。最可怪的是无论阿猫阿狗都可挂牌医病，医死了人，也没有人怨恨，也没有人干涉。人命的不值钱，真可算得到了极端了。

现今的人都说教育可以救种种的弊病。但是依我看来，中国的教育，不但不能救亡，简直可以亡国。我有十几年没到内地去了，这回回去，自然去看看那些学堂。学堂的课程表，看来何尝不完备？体操也有，图画也有，英文也有，那些国文、修身之类，更不用说了。但是学堂的弊病，却正在这课程完备上。例如我们家乡的小学堂，经费自然不充足了，却也要每年花六十块钱去请一个中学堂学生兼教英文唱歌。又花二十块钱买一架风琴。我心想，这六十块一年的英文教习，能教什么英文？教的英文，在我们山里的小地方，又有什么用处？至于那音乐一科，更无道理了。请问那种学堂的音乐，还是可以增进"美感"呢？还是可以增进音乐知识呢？若果然要教音乐，为什么不去村乡里找一个会吹笛子唱昆腔的人来教。为什么一定要用那实在不中听的二十块钱的风琴呢？那些穷人的子弟学了音乐回家，能买得起一架风琴来练习他所学的音乐知识吗？我真是莫名其妙了。所以我在内地常说："列位办学堂，尽不必问教育部规程是什么，须先问这块地方上最需要的是什么。譬如我们这里最需要的是农家常识、蚕桑常识、商业常识、卫生常识，列位却把修身教科书去教他们做圣贤！又把二十块钱的风琴去教他们学音乐！又请一位六十块钱一年的教习教他们的英文！那位自己想想看，这样的教育，造得出怎么样的人才？所以我奉劝列位办学堂，切莫注重课程的完备，须要注意课程的实用。尽不必去巴结视学员，且去巴结那些小百姓。视学员说这个学堂好，是没有用的。须要小百姓都肯把他们的子弟送来上学，那才是教育有成效了。"

以上说的是小学堂。至于那些中学校的成绩，更可怕了。我遇见一位省立法政学堂的本科学生，谈了一会，他忽然问道："听说东文是和英文差不多的，这话可真吗？"我已经大诧异了。后来他听我说日本人总有些岛国习气，忽然问道："原来日本也在海岛上吗？"……这个固然是一个极端的例。但是如今中学堂毕业的人才，高又高不得，低又低不得，竟成了一种无能的游民。这都由于学校里所教的功课，和社会上的需要毫无关涉。所以学校只管多，教育只管兴，社会上的工人、伙计、账房、警察、兵士、农夫……还只是用没有受过教育的人。社会所需要的是做事的人才，学堂所造成的是不会做事又不肯做事的人才，这种教育不是亡国的教育吗？

我说我的"归国杂感"，提起笔来，便写三四千字。说的都是些很可以悲观的话。但是我却并不是悲观的人。我以为这二十年来中国并不是完全没有进步，不过惰性太大，向前三步又退回两步，所以到如今还是这个样子。我这回回家寻出了一部叶德辉的《翼教丛编》，读了一遍，才知道这二十年的中国实在已经有了许多大进步。不到二十年前，那些老先生们，如叶德辉、王益吾之流，出了死力去驳康有为，所以这书叫做《翼教丛编》。我们今日也痛骂康有为。但二十年前的中国，骂康有为太新；二十年后的中国却骂康有为太旧。如今康有为没有皇帝可保了，很可以做一部《翼教续编》来骂陈独秀了。这两部"翼教"的书的不同之处便是中国二十年来的进步了。

民国七年一月。

介绍我自己的思想

我在这十年之中，出版了三集《胡适文存》，约计有一百四五十万字。我希望少年学生能读我的书，故用报纸印刷，要使定价不贵。但现在三集的书价已在七元以上，贫寒的中学生已无力全买了。字数近百五十万，也不是中学生能全读的了。所以我现在从这三集里选出了二十二篇论文，印作一册，预备给国内的少年朋友们作一种课外读物。如有学校教师愿意选我的文字作课本的，我也希望他们用这个选本。

我选的这二十二篇文字，可以分作五组。
第一组六篇，泛论思想的方法。
第二组三篇，论人生观。
第三组三篇，论中西文化。
第四组六篇，代表我对于中国文学的见解。
第五组四篇，代表我对于整理国故问题的态度与方法。

为读者的便利起见，我现在给每一组作一个简短的提要，使我的少年朋友们容易明白我的思想的路径。

一

第一组收的文字是：
演化论与存疑主义
杜威先生与中国
杜威论思想
问题与主义
新生活
新思潮的意义

我的思想受两个人的影响最大：一个是赫胥黎，一个是杜威先生。赫胥黎教我怎样怀疑，教我不信任一切没有充分证据的东西。杜威先生教我怎样思想，教我处处顾到当前的问题，教我把一切学说理想都看作待证的假设，教我处处顾到思想的结果。这两个人使我明了科学方法的性质与功用，故我选前三篇介绍这两位大师给我的少年朋友们。

从前陈独秀先生曾说实验主义和辩证法的唯物史观是近代两个最重要的思想方法，他希望这两种方法能合作一条联合战线。这个希望是错误的。辩证法出于海格尔的哲学，是生物进化论成立以前的玄学方法。实验主义是生物进化论出世以后的科学方法。这两种方法所以根本不相容，只是因为中间隔了一层达尔文主义。达尔文的生物演化学说给了我们一个大教训：就是教我们明了生物进化，无论是自然的演变，或是人为的选择，都由于一点一滴的变异，所以是一种很复杂的现象，决没有一个简单的目的地可以一步跳到，更不会有一步跳到之后可以一成不变。辩证法的哲学本来也是生物学发达以前的一种进化理论；依他本身的理论，这个一正一反相毁相成的阶段应该永远不断的呈现。但狭义的共产主义者却似乎忘了这个原则，所以武断的虚悬一个共产共有的理想境界，以为可以用阶级斗争的方法一蹴即到，既到之后又可以用一阶级专政方法把持不变。这样的化复杂为简单，这样的根本否定演变的继续，便是十足的达尔文以前的武断思想，比那顽固的海格尔更顽固了。

实验主义从达尔文主义出发，故只能承认一点一滴的不断的改进是真实可靠的进化。我在《问题与主义》和《新思潮的意义》两篇里，只发挥这个根本观念。我认定民国六年以后的新文化运动的目的是再造中国文明，而再造文明的途径全靠研究一个个的具体问题。我说：

文明不是笼统造成的，是一点一滴的造成的，进化不是一晚上笼统进化的，是一点一滴的进化的，现今的人爱谈"解放"与"改造"，须知解放不是笼统解放，改造也不是笼统改造。解放是这个那个制度的解放，这种那种思想的解放，这个那个人的解放：都是一点一滴的解放。改造是这个那个制度的改造，这种那种思想的改造，这个那个人的改造：都是一点一滴的改造。

再造文明的下手工夫是这个那个问题的研究。再造文明的进行是这个那个问题的解决。

我这个主张在当时最不能得各方面的了解。当时（民国八年）承"五四""六三"之后，国内正倾向于谈主义。我预料到这个趋势的危险，故发表"多研究些问题，少谈些主义"的警告。我说：

凡是有价值的思想，都是从这个那个具体的问题下手的。先研究了问题的种种方面的种种事实，看看究竟病在何处，这是思想的第一步工夫。然后根据于一生的经验学问，提出种种解决的方法，提出种种医病的单方，这是思想的第二步工夫。然后用一生的经验学问，加上想象的能力，推想每一种假定的解决法应该可以有什么样的效果，更推想这种效果是否真能解决眼前这个困难问题。推想的结果，拣定一种假定的［最满意的］解决，认为我的主张，这是思想的第三步工夫。凡是有价值的主张，都是先经过这三步工夫来的。

我又说：

一切主义，一切学理，都该研究。但只可认作一些假设的［待证的］见解，不可认作天经地义的信条；只可认作参考印证的材料，不可奉为金科玉律的宗教；只可用作启发心思的工具，切不可用作蒙蔽聪明，停止思想的绝对真理。如此方才可以渐渐养成人类的创造的思想力，方才可以渐渐使人类有解决具体问题的能力，方才可以渐渐解放人类对于抽象名词的迷信。

这些话是民国八年七月写的。于今已隔了十几年，当日和我讨论的朋友，一个已被杀死了，一个也颓唐了，但这些话字字句句都还可以应用到今日思想界的现状。十几年前我所预料的种种危险，——"目的热"而"方法盲"，迷信抽象名词，把主义用作蒙蔽聪明停止思想的绝对真理，———一都显现在眼前了。所以我十分诚恳的把这些老话贡献给我的少年朋友们，希望他们不可再走错了思想的路子。

《新生活》一篇，本是为一个通俗周报写的；十几年来，这篇短文走进了中小学的教科书里，读过的人应该在一千万以上了。但我盼望读过此文的朋友们把这篇短文放在同组的五篇里重新读一遍。赫胥黎教人记得一句"拿证据来！"我现在教人记得一句"为什么？"少年的朋友们，请仔细想想：你进学校是为什么？你进一个政党是为什么？你努力做革命工作是为什么？革命是为了什么而革命，政府是为了什么而存在？

请大家记得：人同畜生的分别，就在这个"为什么"上。

二

第二组的文字只有三篇：
《科学与人生观》序
不朽
易卜生主义
这三篇代表我的人生观，代表我的宗教。

《易卜生主义》一篇写的最早，最初的英文稿是民国三年在康奈尔大学哲学会宣读的，中文稿是民国七年写的。易卜生最可代表十九世纪欧洲的个人主义的精华，故我这篇文章只写得一种健全的个人主义的人生观。这篇文章在民国七八年间所以能有最大的兴奋作用和解放作用，也正是因为它所提倡的个人主义在当日确是最新鲜又最需要的一针注射。

娜拉抛弃了家庭丈夫儿女，飘然而去，只因为她觉悟了她自己也是一个人，只因为她感觉到她"无论如何，务必努力做一个人"。这便是易卜生主义。易卜生说：

我所最期望于你的是一种真实纯粹的为我主义，要使你有时觉得天下只有关于你的事最要紧，其余的都算不得什么。……你要想有益于社会，最好的法子莫如把你自己这块材料铸造成器。……有的时候我真觉得全世界都像海上撞沉了船，最要紧的还是救出自己。

这便是最健全的个人主义。救出自己的唯一法子便是把你自己这块材料铸造成器。

把自己铸造成器，方才可以希望有益于社会。真实的为我，便是最有益的为人。把自己铸造成了自由独立的人格，你自然会不知足，不满意于现状，敢说老实话，敢攻击社会上的腐败情形，做一个"贫贱不能移，富贵不能淫，威武不能屈"的斯铎曼医生。斯铎曼医生为了说老实话，为了揭穿本地社会的黑幕，遂被全社会的人喊作"国民公敌"。但他不肯避"国民公敌"的恶名，他还要说老实话，他大胆的宣言：

世上最强有力的人就是那最孤立的人！

这也是健全的个人主义的真精神。

这个个人主义的人生观一面教我们学娜拉，要努力把自己铸造成个人；一面教我们学斯铎曼医生，要特立独行，敢说老实话，敢向恶势力作战。少年的朋友们，不要笑这是十九世纪维多利亚时代的陈腐思想！我们去维多利亚时代还老远哩。欧洲有了十八九世纪的个人主义，造出了无数爱自由过于面包，爱真理过于生命的特立独行之士，方才有今日的文明世界。

现在有人对你们说："牺牲你们个人的自由，去求国家的自由！"我对你们说："争你们个人的自由，便是为国家争自由！争你们自己的人格，便是为国家争人格！自由平等的国家不是一群奴才建造得起来的！"

《〈科学与人生观〉序》一篇略述民国十二年的中国思想界里的一场大论战的背景和内容。（我盼望读者能参读《文存》三集里《几个反理学的思想家》的吴敬恒一篇，页一五一——一八六。）在此序的末段，我提出我所谓"自然主义的人生观。"这不过是一个轮廓，我希望少年的朋友们不要仅仅接受这个轮廓，我希望他们能把这十条都拿到科学教室和实验室里去细细证实或否证。

这十条的最后一条是：

根据于生物学及社会学的知识，叫人知道个人——"小我"——是要死灭的，而人类——"大我"——是不死的，不朽的；叫人知道"为全种万世而生活"就是宗教，就是最高的宗教；而那些替个人谋死后的天堂净土的宗教乃是自私自利的宗教。

这个意思在这里说得太简单了，读者容易起误解。所以我把《不朽》一篇收在后面，专说明这一点。

我不信灵魂不朽之说，也不信天堂地狱之说，故我说这个小我是会死灭的。死灭是一切生物的普遍现象，不足怕，也不足惜。但个人自有他的不死不灭的部分：他的一切作为，一切功德罪恶，一切语言行事，无论大小，无论善恶，无论是非，都在那大我上留下不能磨灭的结果和影响。他吐一口痰在地上，也许可以毁灭一村一族。他起一个念头，也许可以引起几十年的血战。他也许"一言可以兴邦，一言可以丧邦"。善亦不朽，恶亦不朽；功盖万世固然不朽，种一担谷子也可以不朽，喝一杯酒，吐一口痰也可以不朽。古人说，"一出言而不敢忘父母，一举足而不敢忘父母。"我们应该说，"说一句话而不敢忘这句话的社会影响，走一步路而不敢忘这步路的社会影响。"这才是对于大我负责任。能如此做，便是道德，便是宗教。

这样说法，并不是推崇社会而抹杀个人。这正是极力抬高个人的重要。个人虽渺小，而他的一言一动都在社会上留下不朽的痕迹，芳不止流百世，臭也不止遗万年，这不是绝对承认个人的重要吗？成功不必在我，也许在我千百年后，但没有我也决不能成功。毒害不必在眼前，"我躬不阅，遑恤我后"！然而我岂能不负这毒害的责任？今日的世界便是我们的祖宗积的德，造的孽。未来的世界全看我们自己积什么德或造什么孽。世界的关键全在我们手里，真如古人说的"任重而道远，"我们岂可错过这绝好的机会，放下这绝重大的担子？

有人对你说，"人生如梦。"就算是一场梦罢，可是你只有这一个做梦的机会，岂可不振作一番，做一个痛痛快快轰轰烈烈的梦？

有人对你说，"人生如戏。"就说是做戏罢，可是，吴稚晖先生说的好，"这唱的是义务戏，自己要好看才唱的；谁便无端的自己扮作跑龙套，辛苦的出台，止算作没有呢？"

其实人生不是梦，也不是戏，是一件最严重的事实。你种谷子，便有人充饥；你种树，便有人砍柴，便有人乘凉；你拆烂污，更有人遭瘟；你放野火，便有人烧死。你种瓜便得瓜，种豆便得豆，种荆棘便得荆棘。少年的朋友们，你爱种什么？你能种什么？

三

第三组的文字，也只有三篇：
我们对于西洋近代文明的态度
漫游的感想
请大家来照照镜子

在这三篇里，我很不客气的指摘我们的东方文明，很热烈的颂扬西洋的近代文明。

人们常说东方文明是精神的文明，西方文明是物质的文明，或唯物的文明，这是有夸大狂的妄人捏造出来的谣言，用来遮掩我们的羞脸的。其实一切文明都有物质和精神的两部分：材料都是物质的，而运用材料的心思才智都是精神的。木头是物质；而剖木为舟，构木为屋，都靠人的智力，那便是精神的部分。器物越完备复杂，精神的因子越多。一只蒸汽锅炉，一辆摩托车，一部有声电影机器，其中所含的精神因子比我们老祖宗的瓦罐、大车、毛笔多得多了。我们不能坐在舢板船上自夸精神文明，而嘲笑五万吨大汽船是物质文明。

但物质是倔强的东西，你不征服他，他便要征服你。东方人在过去的时代，也曾制造器物，做出一点利用厚生的文明。但后世的懒惰子孙得过且过，不肯用手用脑去和物质抗争，并且编出"不以人易天"的懒人哲学，于是不久便被物质战胜了。天旱了，只会求雨；河决了，只会拜金龙大王；风浪大了，只会祷告观音菩萨或天后娘娘。荒年了，只好逃荒去；瘟疫来了，只好闭门等死；病上身了，只好求神许愿。树砍完了，只好烧茅草；山都精光了，只好对着叹气。这样又愚又懒的民族，不能征服物质，便完全被压死在物质环境之下，成了一分像人九分像鬼的不长进民族。所以我说：

这样受物质环境的拘束与支配，不能跳出来，不能运用人的心思智力来改造环境改良现状的文明，是懒惰不长进的民族的文明，是真正唯物的文明。

反过来看看西洋的文明，

这样充分运用人的聪明智慧来寻求真理以解放人的心灵，来制服天行以供人用，来改造物质的环境，来改革社会政治的制度，来谋人类最大多数的最大幸福，——这样的文明是精神的文明。

这是我的东西文化论的大旨。

少年的朋友们，现在有一些妄人要煽动你们的夸大狂，天天要你们相信中国的旧文化比任何国高，中国的旧道德比任何国好。还有一些不曾出国门的愚人鼓起喉咙对你们喊道，"往东走！往东走！西方的这一套把戏是行不通的了！"

我要对你们说：不要上他们的当！不要拿耳朵当眼睛！睁开眼睛看看自己，再看看世界。我们如果还想把这个国家整顿起来，如果还希望这个民族在世界上占一个地位，——只有一条生路，就是我们自己要认错。我们必须承认我们自己百事不如人，不但物质机械上不如人，不但政治制度不如人，并且道德不如人，知识不如人，文学不如人，音乐不如人，艺术不如人，身体不如人。

肯认错了，方才肯死心塌地的去学人家。不要怕模仿，因为模仿是创造的必要预备工夫。不要怕丧失我们自己的民族文化，因为绝大多数人的惰性已尽够保守那旧文化了，用不着你们少年人去担心。你们的职务在进取，不在保守。

请大家认清我们当前的紧急问题。我们的问题是救国，救这衰病的民族，救这半死的文化。在这件大工作的历程里，无论什么文化，凡可以使我们起死回生，返老还童的，都可以充分采用，都应该充分收受。我们救国建国，正如大匠建屋，只求材料可以应用，不管他来自何方。

四

第四组的文字有六篇：
建设的文学革命论
《尝试集》自序
文学进化观念
国语的进化
文学革命运动
《词选》自序

这里有一部分是叙述文学革命运动的经过的，有一部分是我自己对于文学的见解。

我在这十几年的中国文学革命运动上，如果有一点点贡献，我的贡献只在：

（1）我指出了"用白话作新文学"的一条路子。
（2）我供给了一种根据于历史事实的中国文学演变论，使人明了白话文是古文的进化，使人明了白话文学在中国文学史上占什么地位。
（3）我发起了白话新诗的尝试。

这些文字都可以表出我的文学革命论也只是进化论和实验主义的一种实际应用。

五

第五组的文字有四篇：

《国学季刊》发刊宣言

古史的讨论读后感

《红楼梦》考证

治学的方法与材料

这都是关于整理国故的文字。

《季刊宣言》是一篇整理国故的方法总论，有三个要点：

第一，用历史的眼光来扩大研究的范围。

第二，用系统的整理来部勒研究的资料。

第三，用比较的研究来帮助材料的整理与解释。

这一篇是一种概论，故未免觉得太悬空一点。以下的两篇便是两个具体的例子，都可以说明历史考证的方法。

《古史讨论》一篇，在我的《文存》里要算是最精彩的方法论。这里面讨论了两个基本方法：一个是用历史演变的眼光来追求传说的演变，一个是用严格的考据方法来评判史料。

顾颉刚先生在他的《古史辨》的自序里曾说他从我的《〈水浒传〉考证》和《井田辨》等文字里得着历史方法的暗示。这个方法便是用历史演化的眼光来追求每一个传说演变的历程。我考证《水浒》的故事，包公的传说，狸猫换太子的故事，井田的制度，都用这个方法。顾先生用这方法来研究中国古史，曾有很好的成绩。顾先生说得最好："我们看史迹的整理还轻，而看传说的经历却重。凡是一件史事，应看他最先是怎样，以后逐步逐步地变迁是怎样。"其实对于纸上的古史迹，追求其演变的步骤，便是整理他了。

在这篇文字里,我又略述考证的方法,我说:

我们对于"证据"的态度是:一切史料都是证据。但史家要问:

(1)这种证据是在什么地方寻出的?
(2)什么时候寻出的?
(3)什么人寻出的?
(4)依地方和时候上看起来,这个人有做证人的资格吗?
(5)这个人虽有证人资格,而他说这句话时有作伪(无心的,或有意的)的可能吗?

《〈红楼梦〉考证》诸篇只是考证方法的一个实例。我说:

我觉得我们做《红楼梦》的考证,只能在"著者"和"本子"两个问题上着手;只能运用我们力所能搜集的材料,参考互证,然后抽出一些比较的最近情理的结论。这是考证学的方法。我在这篇文章里,处处想撇开一切先入的成见,处处存一个搜求证据的目的,处处尊重证据,让证据做向导,引我到相当的结论上去。

这不过是赫胥黎、杜威的思想方法的实际应用。我的几十万字的小说考证,都只是用一些"深切而著明"的实例来教人怎样思想。

试举曹雪芹的年代一个问题作个实例。民国十年,我收得了一些证据,得着这些结论:

我们可以断定曹雪芹死于乾隆三十年左右(约西历一七六五)。……我们可以猜想雪芹大约生于康熙末叶(约一七一五——一七二〇),当他死时，约五十岁左右。

民国十一年五月，我得着了《四松堂集》的原本，见敦诚挽曹雪芹的诗题下注"甲申"二字，又诗中有"四十年华"的话，故修正我的结论如下：

曹雪芹死在乾隆二十九年甲申（一七六四）……他死时只有"四十年华"，我们可以断定他的年纪不能在四十五岁以上。假定他死时年四十五岁，他的生时当康熙五十八年（一七一九）。

但到了民国十六年，我又得了脂砚斋评本《石头记》，其中有"壬午除夕，书未成，芹为泪尽而逝"的话。壬午为乾隆二十七年，除夕当西历一七六三年二月十二日，和我七年前的断定（乾隆三十年左右，约西历一七六五）只差一年多。又假定他活了四十五岁，他的生年大概在康熙五十六年（一七一七），这也和我七年前的猜测正相符合。

考证两个年代，经过七年的时间，方才得着证实。证实是思想方法的最后又最重要的一步。不曾证实的理论，只可算是假设；证实之后，才是定论，才是真理。我在别处（《文存》三集，页二七三）说过：

我为什么要考证《红楼梦》？
在消极方面，我要教人怀疑王梦阮、徐柳泉一班人的谬说。
在积极方面，我要教人一个思想学问的方法。我要教人疑而后信，考而后信，有充分证据而后信。
我为什么要替《水浒传》作五万字的考证？我为什么要替庐山一个塔作四千字的考证？
我要教人知道学问是平等的，思想是一贯的。……肯疑问"佛陀耶舍究竟到过庐山没有"的人，方才肯疑问"夏禹是神是人"。有了不肯放过一个塔的真伪的思想习惯，方才敢疑上帝的有无。

少年的朋友们，莫把这些小说考证看作我教你们读小说的文字。这些都只是思想学问的方法的一些例子。在这些文字里，我要读者学得一点科学精神，一点科学态度，一点科学方法。科学精神在于寻求事实，寻求真理。科学态度在于撇开成见，搁起感情，只认得事实，只跟着证据走。科学方法只是"大胆地假设，小心地求证"十个字。没有证据，只可悬而不断，证据不够，只可假设，不可武断；必须等到证实之后，方才奉为定论。

少年的朋友们，用这个方法来做学问，可以无大差失；用这种态度来做人处事，可以不至于被人蒙着眼睛牵着鼻子走。

从前禅宗和尚曾说："菩提达摩东来，只要寻一个不受人惑的人。"我这里千言万语，也只是要教人一个不受人惑的方法。被孔丘、朱熹牵着鼻子走，固然不算高明；被马克思、列宁、斯大林牵着鼻子走，也算不得好汉。我自己决不想牵着谁的鼻子走。我只希望尽我的微薄的能力，教我的少年朋友们学一点防身的本领，努力做一个不受人惑的人。

抱着无限的爱和无限的希望，我很诚挚的把这一本小书贡献给全国的少年朋友！

十九，十一，廿七晨二时，
将离开江南的前一日。

三
人生感悟

新 生 活
—— 为《新生活》杂志第一期做的

哪样的生活可以叫作新生活呢？我想来想去，只有一句话。新生活就是有意思的生活。你听了，必定要问我，有意思的生活又是什么样子的生活呢？我且先说一两件实在的事情做个样子，你就明白我的意思了。

前天你没有事做，闲的不耐烦了，你跑到街上的一个酒店里，打了四两白干，喝完了，又要四两，再添上四两。喝得大醉了，同张大哥吵了一回嘴，几乎打起架来。后来李四哥来把你拉开，你气愤愤地又要了四两白干，喝的人事不知，幸亏李四哥把你扶回去睡了。昨儿早上，你酒醒了，大嫂子把前天的事告诉你，你懊悔的很，自己埋怨自己："昨儿为什么要喝那么多酒呢？可不是糊涂吗？"

你赶上张大哥家去，作了许多揖，赔了许多不是，自己怪自己糊涂，请张大哥大量包涵。正说时，李四哥也来了，王三哥也来了。他们三缺一，要你陪他们打牌。你坐下来，打了十二圈牌，输了一百多吊钱。你回得家来，大嫂子怪你不该赌博，你又懊悔的很，自己怪自己道："是呵，我为什么要陪他们打牌呢？可不是糊涂吗？"

诸位，像这样子的生活，叫做糊涂生活，糊涂生活便是没有意思的生活。你做完了这种生活，回头一想，"我为什么要这样干呢？"你自己也回答不出究竟为什么。

诸位，凡是自己说不出"为什么这样做"的事，都是没有意思的生活。反过来说，凡是自己说得出"为什么这样做"的事，都可以说是有意思的生活。

生活的"为什么"，就是生活的意思。

人同畜生的分别，就在这个"为什么"上。你到万牲园里去看那白熊一天到晚摆来摆去不肯歇，那就是没有意思的生活。

我们做了人，应该不要学那些畜生的生活。畜生的生活只是糊涂，只是胡混，只是不晓得自己为什么如此做。一个人做的事应该件件回得出一个"为什么"。

我为什么要干这个？为什么不干那个？回答得出，方才可算是一个人的生活。

我们希望中国人都能做这种有意思的新生活。其实这种新生活并不十分难，只消时时刻刻问自己为什么这样做，为什么不那样做，就可以渐渐的做到我们所说的新生活了。

诸位，千万不要说"为什么"这三个字是很容易的小事。你打今天起，每做一件事，便问一个为什么——为什么不把辫子剪了？为什么不把大姑娘的小脚放了？为什么大嫂子脸上搽那么多的脂粉？为什么出棺材要用那么多叫花子？为什么娶媳妇也要用那么多叫花子？为什么骂人要骂他的爹妈？

为什么这个？为什么那个？你试办一两天，你就会觉得这三个字的趣味真是无穷无尽，这三个字的功用也无穷无尽。

诸位，我们恭恭敬敬地请你们来试试这种新生活。

民国八年八月。

请大家来照照镜子

美国使馆的商务参赞安诺德先生制成这三张图表：第一表是中国人口的分配表，表示中国的人口问题不在过多，而在于分配的太不均匀，在于边省的太不发达。第二表是中国和美国的经济状况、生产能力、工业状态的比较，处处叫我们照照镜子，照出我们自己的百不如人。第三表有美国在世界上占的地位，也是给我们做一面镜子用的，叫我们生一点羡慕，起一点惭愧。

去年他们这几张图表送给我看，我便力劝他在中国出版。他答应了之后，又预备了一篇长序，题目叫做《中国问题里的几个根本问题》。他指出中国今日有三个大问题：

第一，怎样赶成全国铁路的干线，使全国的各部分有一个最经济的交通机关。
第二，怎样用教育及种种节省人力、帮助人力的机器，来增加个人生产的能力。
第三，怎样养成个人对于保管事业的责任心。

这是中国今日的三个根本问题。

安诺德先生的第二表里有这些事实：

	面积 （平方英里）	铁道线 （英里）	摩托车
中国	4,278,000	7,000	22,000
美国	3,743,500	250,000	22,000,000

我们的面积比美国大，但铁道线只抵得人家三十六分之一，摩托车只抵得人家一千分之一，汽车路只抵得人家一百分之一。

我们试睁开眼睛看看中国的地图。长江以南，没有一条完成的铁路干线。京汉铁路以西，三分之二以上的疆域没有一条铁路干线。这样的国家不成一个现代国家。

前年北京开全国商会联合会，一位甘肃代表来赴会，路上走了一百○四天才到北京。这样的国家不成一个国家。

云南人要领法国护照，经过安南，方才能到上海。云南汇一百元到北京，要三百元的汇水！这样的国家决不成一个国家。

去年胡若愚同龙云在云南打仗，打的个你死我活，南京的中央政府有什么法子？现在杨森同刘湘在四川又打的个你死我活，南京的中央政府又有什么法子？这样的国家能做到统一吗？

所以现在的第一件事是造铁路。完成粤汉铁路，完成陇海铁路，赶筑川汉、川滇、宁湘等等干路，拼命实现孙中山先生十万里铁路的梦想，然后可以有统一的可能，然后可以说我们是个国家。

所以第一个大问题是怎样赶成一副最经济的交通系统。

安诺德先生的第二表里又有这点事实：

美国人每人有二十五个机械奴隶。
中国人每人只有大半个机械奴隶。

去年三月份的大西洋月报里，有个美国工程专家说：

美国人每人有三十个机械奴隶。
中国人每人只有一个机械奴隶。

安诺德先生说：美国人有了这些有形与无形的机械奴隶，便可以增进个人的生产能力；故从实业及经济的观点上说，美国一百十兆的人民，便可以有二十五倍至三十倍人口的经济效能了。

人家早已在海上飞了，我们还在地上爬！人家从巴黎飞到北京，只需六十三点钟；我们从甘肃到北京，要走一百〇四天（二千五百点钟）！

一个英国工人每年出十二个先令（六元），他的全家便可以每晚坐在家里听无线电传来的世界最美的音乐，歌唱，演说：每晚上只费银元一分七厘而已。而我们在上海遇着紧急事，要打一个四等电报到北京，每十个字须费银元一元八角！还保不住何时能送到！

人家的砖匠上工，可以坐自己的摩托车去了；他的子女上学，可以有公家汽车接送了。我们杭州、苏州的大官上衙门还得用人作牛马！

何以有这个大区别呢？因为人家每人有三十个机械奴隶代他做工，帮他做工，而我们却得全靠赤手空拳，——我们的机械奴隶是一根扁担挑担子，四个轿夫换抬的轿子，三个车夫轮租的人力车！

我们的工人是苦力。人家的工人是许多机械奴隶的指挥官。

故第二个大问题是怎样利用机器来减除人的痛苦，增加人的生产能力，提高人的幸福。

安诺德先生是外国人，所以他对于第三个问题说得很客气，很委婉。他只说：

保管责任之观念，在华人中无论如何努力终不能确立其稳定之意义。其故盖在此偏爱亲人一点。而此点又与中国家族制度有密切关系。此弊为状不一，根深而普遍。欲将家属之责任与现代团体所负保管的责任之适当关系注入于中国人之脑中，须得千钧气力从事之。

这几句话虽然说得委婉，然而也很能够使我们惭愧汗下了。

这个问题，其实只是"公私不分"四个字。古话说的，"一子成佛，一家升天"。古话又说，"一人得道，鸡犬登仙"。仙佛尚且如此，何况吃肉的官人？何况公司的经理董事？

几千年来，大家好像都不曾想想，得道成佛既是那样很艰难的事，为什么一人功行圆满之后，他们全家鸡犬也都可以跟着登天？最奇怪的就是今日的新官吏也不能打破这种旧习气。

最近招商局的一个分局的讼案便是最明显的例子。据报纸所载，一个家长做了名义上的局长，实际上却是他的子侄亲戚执行他的职务，弄得弊端百出，亏空到几十万元。到了法庭上，这位家长说他竟不知道他是局长！

招商局的全部历史，节节都是缺乏保管的责任心的好例子。我们翻开"国民政府清查整理招商局委员会报告书"，竟同看《官场现形记》一样处处都是怪现状。上册五十九页说：

查自壬戌至丙寅最近五年内，历年亏折总额计有四百三十七万余两。然总沪局每年发给员司酬劳金，五年共计二十四万五千九百九十四两。查自癸亥年来，股东未获得分文息金，乃局中员司独享此厚酬。

又六十页说：

修理费总计每年约六七十万两……而内河厂（所承办）实居最多数，约占全额之半。查丙寅年内河厂共计修理费三十一万四千余两……惟内河厂既系该局附属分枝机关，内部办事人员当然与该局办事者关系甚密……曾经本会函调账籍备查。而该厂忽以账房失踪，账簿遗失呈报。内中情形不问可知矣。

这样的轻视保管的责任，便是中国的大工业与大商业所以不能发达的大原因。怎样救济呢？安诺德先生说：

天下人性同为脆弱。社会与个人之关系愈互相错综依赖，则制定种种适当之保卫……愈为急需矣。

人性是不容易改变的，公德也不是一朝一夕造成的。故救济之道不在乎妄想人心大变，道德日高，乃在乎制定种种防弊的制度。中国有句古话说："先小人而后君子。"先要承认人性的脆弱，方才可以期望大家做君子。故有公平的考试制度，则用人可以无私；有精密的簿记与审计，则账目可以无弊。制度的训练可以养成无私无弊的新习惯。新习惯养成之后，保管的责任心便成了当然的事了。

* * * *

这是安诺德先生提出的三个大问题。

用铁路与汽车路来做到统一，用教育与机械来提高生产，用防弊制度来打倒贪污：这才是革命，这才是建设。

但依我看来，要解决这三个大问题，必须先有一番心理的建设。所谓心理的建设，并不仅仅是孙中山先生所谓"知难行易"的学说，只是一种新觉悟，一种新心理。

这种急需的新觉悟就是我们自己要认错。我们必须承认我们自己百事不如人，不但物质上不如人，不但机械上不如人，并且政治社会道德都不如人。

何以百事不如人呢？

不要尽说是帝国主义者害了我们。那是我们自己欺骗自己的话！我们要睁开眼睛看看日本近六十年的历史，试想想何以帝国主义的侵略压不住日本的发愤自强？何以不平等条约捆不住日本的自由发展？

何以我们跌倒了便爬不起来呢？

因为我们从不曾悔过，从不曾彻底痛责自己，从不曾彻底认错。二三十年前，居然有点悔悟了，所以有许多谴责小说出来，暴扬我们自己官场的黑暗，社会的卑污，家庭的冷酷。十余年来，也还有一些人肯攻击中国的旧文学，旧思想，旧道德宗教，——肯承认西洋的精神文明远胜于我们自己。但现在这一点点悔悟的风气都消灭了。现在中国全部弥漫着一股夸大狂的空气：义和团都成了应该崇拜的英雄志士，而西洋文明只需"帝国主义"四个字便可轻轻抹杀！政府下令提倡旧礼教，而新少年高呼"打倒文化侵略"！

我们全不肯认错。不肯认错，便事事责人，而不肯责己。

我们到今日还迷信口号标语可以打倒帝国主义。我们到今日还迷信不学无术可以统治国家。我们到今日还不肯低头去学人家治人富国的组织与方法。

所以我说，今日的第一要务是要造一种新的心理：要肯认错要大彻大悟地承认我们自己百不如人。

第二步便是死心塌地的去学人家。老实说，我们不须怕模仿。"学之为言效也"，这是朱子的老话。学画的，学琴的，都要跟别人学起；学的纯熟了，个性才会出来，天才才会出来。

一个现代国家不是一堆昏庸老朽的头脑造得成的，也不是口号标语喊得出来的。我们必须学人家怎样用铁轨、汽车、电线、飞机、无线电，把血脉贯通，把肢体变活，把国家统一起来。我们必须学人家怎样用教育来打倒愚昧,用实业来打倒贫穷,用机械来征服自然,抬高人的能力与幸福。我们必须学人家怎样用种种防弊的制度来经营商业,办理工业,整理国家政治。

只要我们有决心,这三个大问题都容易解决。譬如粤汉铁路还缺二百八十英里,约需六千万元才造得起。多少年来,我们都说这六千万那里去筹。然而国民政府在这一年之中便发了近一万万元的公债,不但够完成粤汉铁路,还可以造大铁桥贯通武昌汉口了。

义务教育办不成,也只因经费没有。然而今日全国各方面每天至少要用一百万元的军费(这是财政部次长的估计)。一个国家肯用三万六千万元一年的军费,而不能给全国儿童两年至四年的义务教育,这是不能呢?还是不肯呢?

所以我们应该感谢安诺德先生,感谢他给我们几面好镜子,让我们照见自己的丑态,更感谢他肯对我们说许多老实话,教我们生点愧悔,引起我们一点向上的决心。

我很盼望我们不至于辜负了他这一番友谊的忠言。

一九二八,六,二四夜。

容忍与自由

十七八年前,我最后一次会见我的母校康奈尔大学的史学大师布尔先生(George Lincoln Burr)。我们谈到英国文学大师阿克顿(Lord John Acton)一生准备要著作一部《自由之史》,没有完成他就死了。布尔先生那天谈话很多,有一句话我至今没有忘记。他说:"我年纪越大,越感觉到容忍(tolerance)比自由更重要。"

布尔先生死了十多年了,他这句话我越想越觉得是一句不可磨灭的格言。我自己也有"年纪越大,越觉得容忍比自由近更重要"的感想。有时我竟觉得容忍是一切自由的根本;没有容忍,就没有自由。

我十七岁的时候(一九〇八)曾在《竞业旬报》上发表几条《无鬼丛话》,其中有一条是痛骂小说《西游记》和《封神榜》的,我说:

《王制》有之:"假于鬼神时日卜筮以疑众,杀。"吾独怪夫数千年来之排治权者。之以济世明道自期者,乃懵然不之注意,惑世诬民之学说得以大行,遂举我神州民族投诸极黑暗之世界! ……

这是一个小孩子很不容忍的"卫道"态度。我在那时候已是一个无鬼论者、无神论者,所以发出那种摧除迷信的狂论,要实行《王制》(《礼让》的一篇）的"假于鬼神时日卜筮以疑众，杀"的一条经典！

我在那时候当然没有梦想到说这话的小孩子在十五年后（一九二三）会很热心的给《西游记》作两万字的考证！我在那时候当然更没有想到那个小孩子在二十年后还时时留心搜求可以考证《封神榜》的作者的材料！我在那时候也完全没有想想《王制》那句话的历史意义。那一段《王制》的全文是这样的：

析言破律，乱名改作，执左道以乱政，杀。作淫声异服奇技奇器以疑众，杀。行伪而坚，言伪而辩，学非而博，顺非而泽以疑众，杀。假于鬼神时日卜筮以疑众，杀。此四诛者，不以听。

我在五十年前，完全没有懂得这一段话的"诛"正是中国专制政体之下禁止新思想、新学术、新信仰、新艺术的经典的根据。我在那时候抱着"破除迷信"的热心，所以拥护那"四诛"之中的第四诛："假于鬼神时日卜筮以疑众，杀。"我当时完全没有梦到第四诛的"假于鬼神……以疑众"和第一诛的"执左道以乱政"的两条罪名都可以用来摧残宗教信仰的自由。我当时也完全没有注意到郑玄注里用了公输般作"奇技异器"的例子；更没有注意到孔颖达《正义》里举了"孔子为鲁司寇七日而诛少正卯"的例子来解释"行伪而坚，言伪而辩，学非而博，顺非而泽以疑众，杀"。故第二诛可以用来禁绝艺术创作的自由，也可以用来"杀"许多发明"奇技异器"的科学家。故第三诛可以用来摧残思想的自由，言论的自由，著作出版的自由。

我在五十年前引用《王制》第四诛，要"杀"《西游记》《封神榜》的作者。那时候我当然没有想到十年之后我在北京大学教书时就有一些同样"卫道"的正人君子也想引用《王制》的第三诛，要"杀"我和我的朋友们。当年我要"杀"人，后来人要"杀"我，动机是一样的：都只因为动了一点正义的火气，就都失掉容忍的度量了。

我自己叙述五十年前主张"假于鬼神时日卜筮以疑众，杀"的故事，为的是要说明我年纪越大，越觉得"容忍"比"自由"还更重要。

我到今天还是一个无神论考，我不信有一个有意志的神，我也不信灵魂不朽的说法。但我的无神论与共产党的无神论有一点根本的不同。我能够容忍一切信仰有神的宗教，也能够容忍一切诚心信仰宗教的人。共产党自己信仰无神论，就要消灭一切有神的信仰，要禁绝一切信仰有神的宗教，——这就是我五十年前幼稚而又狂妄的不容忍的态度了。

我自己总觉得，这个国家，这个社会，这个世界，绝大多数人是信神的，居然能有这雅量，能容忍我的无神论，能容忍我这个不信神也不信灵魂不灭的人，能容忍我在国内和国外自由发表我的无神论的思想，从没有人因此用石头掷我，把我关在监狱里，或把我捆在柴堆上用火烧死。我在这个世界里居然享了四十多年的容忍与自由。我觉得这个国家、这个社会、这个世界对我的容忍度量是可爱的，是可以感激的。

所以我自己总觉得我应该用容忍的态度来报答社会对我的容忍。所以我自己不信神，但我能诚心的谅解一切信神的人，也能诚心的容忍并且敬重一切信仰有神的宗教。

我要用容忍的态度来报答社会对我的容忍，因为我年纪越大，我越觉得容忍的重要意义。若社会没有这点容忍的气度，我决不能享受四十多年大胆怀疑的自由，公开主张无神论的自由。

在宗教自由史上，在思想自由史上，在政治自由史上，我们都可以看见容忍的态度是最难得，最稀有的态度。人类的习惯总是喜同而恶异的，总不喜欢和自己不同的信仰、思想、行为。这就是不容忍的根源。不容忍只是不能容忍和我自己不同的新思想和新信仰。一个宗教团体总相信自己的宗教信仰是对的．是不会错的，所以它总相信那些和自己不同的宗教信仰必定是错的，必定是异端，邪教。一个政治团体总相信自己的政治主张是对的，是不会错的，所以它总相信那些和自己不同的政治见解必定是错的，必定是敌人。

一切对异端的迫害，一切对"异己"的摧残，一切宗教自由的禁止，一切思想言论的被压迫，都由于这一点深信自己是不会错的心理。因为深信自己是不会错的，所以不能容忍任何和自己不同的思想信仰了。

试看欧洲的宗教革新运动的历史。马丁路德（Martin Luther）和约翰高尔文（John Calvin）等人起来革新宗教，本来是因为他们不满意于罗马旧教的种种不容忍，种种不自由。但是新教在中欧北欧胜利之后，新教的领袖们又都渐渐走上了不容忍的路上去，也不容许别人起来批评他们的新教条了。高尔文在日内瓦掌握了宗教大权，居然会把一个敢独立思想，敢批评高尔文的教条的学者塞维图斯（Servetus）定了"异端邪说"的罪名，把他用铁链镇在木桩上，堆起柴来，慢慢地活烧死。这是一五五三年十月二十三日的事。

这个殉道者塞维图斯的惨史，最值得人们的追念和反省。宗教革新运动原来的目标是要争取"基督教的人的自由"和"良心的自由"。何以高尔文和他的信徒们居然会把一位独立思想的新教徒慢慢地活烧死呢？何以高尔文的门徒（后来继任高尔文为日内瓦的宗教独裁者）柏时（de Beze）竟会宣言"良心的自由是魔鬼的教条"呢？

基本的原因还是那一点深信我自己是"不会错的"的心理。像高尔文那样虔诚的宗教改革家，他自己深信他的良心确是代表上帝的命令，他的口和他的笔确是代表上帝的意志，那末他的意见还会错吗？他还有错误的可能吗？在塞维图斯被烧死之后，高尔文曾受到不少人的批评。一五五四年，高尔文发表一篇文字为他自己辩护，他毫不迟疑地说："严厉惩治邪说者的权威是无可疑的，因为这就是上帝自己说话。……这工作是为上帝的光荣战斗"。

上帝自己说话，还会错吗？为上帝的光荣作战，还会错吗？这一点"我不会错"的心理，就是一切不容忍的根苗。深信我自己的信念没有错误的可能（infallible），我的意见就是"正义"，反对我的人当然都是"邪说"了。我的意见代表上帝的意旨，反对我的人的意见当然都是"魔鬼的教条"了。

这是宗教自由史给我们的教训：容忍是一切自由的根本；没有容忍"异己"的雅量，就不会承认"异己"的宗教信仰可以享受自由。但因为不容忍的态度是基于"我的信念不会错"的心理习惯，所以容忍"异己"是最难得，最不容易养成的雅量。

在政治思想上，在社会问题的讨论上，我们同样地感觉到不容忍是常见的，而容忍总是很稀有的。我试举一个死了的老朋友的故事作例子。四十多年前，我们在《新青年》杂志上开始提倡白话文学的运动，我曾从美国寄信给陈独秀，我说：

此事之是非，非一朝一夕所能定，亦非一二人所能定。甚愿国中人士能平心静气与吾辈同力研究此问题。讨论既熟，是非自明。各辈已张革命之旗，虽不容退缩，然亦决不敢以吾辈所主张为必是而不容他人之匡正也。

独秀在《新青年》上答我道：

鄙意容纳异议，自由讨论，固为学术发达之原则，独于改良中国文学当以白话为正宗之说，其是非甚明，必不容反对者有讨论之余地；必以吾辈所主张者为绝对之是，而不容他人之匡正也。

我当时看了就觉得这是很武断的态度。现在在四十多年之后，我还忘不了独秀这一句话，我还觉得这种"必以吾辈所主张者为绝对之是"的态度是很不容忍的态度，是最容易引起别人的恶感，是最容易引起反对的。

我曾说过，我应该用容忍的态度来报答社会对我的容忍。我现在常常想，我们还得戒律自己：我们着想别人容忍谅解我们的见解，我们必须先养成能够容忍谅解别人的见解的度量。至少我们应该戒约自己决不可"以吾辈所主张者为绝对之是"。我们受过实验主义的训练的人，本来就不承认有"绝对之是"，更不可以"以吾辈所主张者为绝对之是"。

四八、三、十二晨

四
文学小品

漫游的感想

一　东西文化的界线

我离了北京，不上几天到了哈尔滨，在此地我得了一个绝大的发现：我发现了东西文明的交界点。

哈尔滨本是俄国在远东侵略的一个重要中心。当初俄国人经营哈尔滨的时候，早就预备要把此地辟作一个二百万居民的大城，所以一切文明设备，应有尽有；几十年来，哈尔滨就成了北中国的上海。这是哈尔滨的租界，本地人叫做"道里"，现在租界收回，改为特别区。

租界的影响，在几十年中，使附近的一个村庄逐渐发展，也变成了一个繁盛的大城。这是"道外"。

"道里"现在收归中国管理了，但俄国人的势力还是很大的，向来租界时代的许多旧习惯至今还保存着。其中的一种遗风就是不准用人力车（东洋车）。"道外"的街道上都是人力车。一到了"道里"，只见电车与汽车，不见一部人力车。道外的东洋车可以拉到道里，但不准再拉客，只可拉空车回去。

我到了哈尔滨，看了道里与道外的区别，忍不住叹口气，自己想道：这不是东方文明与西方文明的交界点吗？

东西洋文明的界线只是人力车文明与摩托车文明的界线——这是我的一大发现。

人力车又叫做东洋车，这真是确切不移。请看世界之上，人力车所至之地，北起哈尔滨，西至四川，南至南洋，东至日本，这不是东方文明的区域吗？人力车代表的文明就是那用人做牛马的文明，摩托车代表的文明就是用人的心思才智制作出机械来代替人力的文明。把人作牛马看待，无论如何，够不上叫做精神文明。用人的智慧造出机械来，减少人类的苦痛，便利人类的交通，增加人类的幸福，——这种文明却含有不少的理想主义，含有不少的精神文明的可能性。

我们坐在人力车上，眼看那些圆颅方趾的同胞努起筋肉，弯着背脊梁，流着血汗，替我们做牛做马，拖我们行远登高，为的是要挣几十个铜子去活命养家，——我们当此时候不能不感谢那发明蒸汽机的大圣人，不能不感谢那发明电力的大圣人，不能不祝福那制作汽船汽车的大圣人：感谢他们的心思才智节省了人类多少精力，减除了人类多少苦痛！你们嫌我用"圣人"一个字吗？孔夫子不说过吗？"制而用之谓之器。利用出入，民咸用之，谓之神。"孔老先生还嫌"圣"字不够，他简直要尊他们为"神"呢！

二　摩托车的文明

去年八月十七日的伦敦《晚报》（*Evening Standard*）有下列的统计：

全世界的摩托车共二四五九〇〇〇〇辆。

全世界人口平均每七十一人有一辆摩托车。

美国每六人有车一辆。

加拿大与新西兰每十二人有车一辆。

澳洲每二十人有车一辆。

今年一月十六日纽约的《国民周报》(The Nation) 有下列的统计:

全世界摩托车二七五〇〇〇〇。

美国摩托车二二三三〇〇〇。

美国摩托车数占全世界百分之八十一。

美国人口平均每五人有车一辆。

去年（1926）美国造的摩托车凡四百五十万辆，出口五十万辆。

美国的路上，无论是大城里或乡间，都是不断的汽车。《纽约时报》上曾说一个故事：有一个北方人驾着摩托车走过 Miami 的一条大道，他开的速度是每点钟三十五英里。后面一个驾着两轮摩托车的警察赶上来问他为什么挡住大路。他说，"我开的已是三十五里了。"警察喝道："开六十里!"

今年三月里我到费城（Philadelphia）演讲，一个朋友请我到乡间 Haverford 去住一天。我和他同车往乡间去，到了一处，只见那边停着一二百辆摩托车。我说："这里开汽车赛会吗？"他用手指道："那边不在造房子吗？这些都是木匠泥水匠坐来做工的汽车。"

这真是一个摩托车的国家！木匠泥水匠坐了汽车去做工，大学教员自己开着汽车去上课，乡间儿童上学都有公共汽车接送，农家出的鸡蛋牛乳每天都自己用汽车送上火车或直送进城。十字街头，向来总有一两家酒店的；近年酒禁实行了，十字街头往往建着汽油的小站。车多了，停车的空场遂成为都市建筑的一个大问题。此外还发生了许多连带的问题，很能使都市因此改观。例如我到丹佛城（Denver），看见墙上都没有街道的名字，我很诧异。后来才看见街名都用白漆写在马路两边的"行道"（Side Walk）的底下，为的是要使夜间汽车灯光容易照着。这一件事便可以看出摩托车在都市经营上的影响了。

摩托车的文明的好处真是一言难尽。汽车公司近年通行"分月付款"的法子，使普通人家都可以购买汽车。据最近统计，去年一年之中美国人买的汽车有三分之二是分月付钱的。这种人家向来是不肯出远门的。如今有了汽车，旅行便利了，所以每日工作完毕之后，回家带了家中妻儿，自己开着汽车，到郊外去游玩；每星期日，可以全家到远地旅行游览。例如旧金山的"金门公园"，远在海滨，可以纵观太平洋上的水光岛色；每到星期日，四方男女来游的真是人山人海！这都是摩托车的恩赐。这种远游的便利可以增进健康，开阔眼界，增加知识，——这都是我们在轿子文明与人力车文明底下想象不到的幸福。

最大的功效还在人的官能的训练。人的四肢五官都是要训练的；不练就不灵巧了，久不练就迟钝麻木了。中国乡间的老百姓，看见汽车来了，往往手足失措，不知道怎样回避；你尽着呜呜地压着号筒，他们只听不见；连街上的狗与鸡也只是懒洋洋地踱来摆去，不知避开。但是你若把这班老百姓请到上海来，请他们从先施公司走到永安公司去，他们便不能不用耳目手足了。走过大马路的人，真如《封神传》上黄天化说的"须要眼观四处，耳听八方"。你若眼不明，耳不听，手足不灵动，必难免危险。这便是摩托车文明的训练。

美国的汽车大概都是个人自己驾驶的。往往一家中，父母子女都会开车。人工贵了，只有顶富的人家可以雇人开车。这种开车的训练真是"胜读十年书"！你开着汽车，两手各有职务，两脚也各有职务，眼要观四处，耳要听八方，还要手足眼耳一时并用，通力合作。你不但要会开车，还要会修车；随你是什么大学教授，诗人诗哲，到了半路车坏的时候，也不能不卷起袖管，替机器医病。什么书呆子、书蹩头、傻瓜，若受了这种训练，都不会四体不勤、五官不灵了。你们不常听见人说大学教授"心不在焉"的笑话吗？我这回新到美国，有些大学教授如孟禄博士等请我坐他们自己开的车。我总觉得有点栗栗危惧，怕他们开到半路上忽然想起什么哲学问题或天文学问题来，那才危险呢！但是我经过几回之后，才觉得这些大学教授已受了摩托车文明的洗礼，把从前的"心不在焉"的呆气都赶跑了，坐在轮子前便一心在轮子上，手足也灵活了，耳目也聪明了！猗欤休哉！摩托车的教育！

三　一个劳工代表

有些自命"先知"的人常常说："美国的物质发展终有到头的一天；到了物质文明破产的时候，社会革命便起来了。"

我可以武断地说：美国是不会有社会革命的，因为美国天天在社会革命之中。这种革命是渐进的，天天有进步，故天天是革命。如所得税的实行，不过是十四年来的事，然而现在所得税已成了国家税收的一大宗，巨富的家私有纳税百分之五十以上的。这种"社会化"的现象随地都可以看见。从前马克思派的经济学者说资本愈集中则财产所有权也愈集中，必做到资本全归极少数人之手的地步。但美国近年的变化却是资本集中而所有权分散在民众。一个公司可以有一万万的资本，而股票可以由雇员与工人购买，故一万万的资本就不妨有一万人的股东。近年移民进口的限制加严,贱工绝迹,故国内工资天天增长;工人收入既丰,多有积蓄,往往购买股票,逐渐成为小资本家。不但白人如此,黑人的生活也逐渐抬高。纽约城的哈伦区,向为白人居住的,十年之中土地房屋全被发财的黑人买去了,遂成了一片五十万人的黑人区域。人人都可以做有产阶级,故阶级战争的煽动不发生效力。

我且说一件故事。

我在纽约时,有一次被邀去参加一个"两周讨论会"(Fortnightly Forum)。这一次讨论的题目是"我们这个时代应该叫什么时代?"。十八世纪是"理智时代",十九世纪是"民治时代",这个时期应该叫什么?究竟是好是坏?

依这个讨论会规矩,这一次请了六位客人作辩论员:一个是俄国克伦斯基革命政府的交通总长;一个是印度人;一个是我;一个是有名的"效率工程师"(Efficiency Engineer),是一位老女士;一个是纽约有名的牧师(Holmes);一个是工会代表。

有些人的话是可以预料的。那位印度人一定痛骂这个物质文明的时代;那位俄国交通总长一定痛骂鲍尔雪维克;那位牧师一定是很悲观的;我一定是很乐观的;那位女效率专家一定鼓吹她的效率主义。一言表过不提。

单说那位劳工代表Franey(?)先生。他站起来演说了。他穿着晚餐礼服,挺着雪白的硬衬衫,头发苍白了。他站起来,一手向里面衣袋抽出了一卷打字的演说稿,一手向外面袋里摸出眼镜盒,取出眼镜戴上。他高声演说了。

他一开口便使我诧异。他说：我们这个时代可以说是人类有史以来最好的最伟大的时代，最可惊叹的时代。

这是他的主文。以下他一条一条地举例来证明这个主旨。他先说科学的进步，尤其注重医学的发明；次说工业的进步；次说美术的新贡献，特别注重近年的音乐与新建筑。最后他叙述社会的进步，列举资本制裁的成绩，劳工待遇的改善，教育的普及，幸福的增加。他在十二分钟之内描写世界人类各方面的大进步，证明这个时代是人类有史以来最好的时代。

我听了他的演说，忍不住对自己说道：这才是真正的社会革命。社会革命的目的就是要做到向来被压迫的社会分子能站在大庭广众之中歌颂他的时代为人类有史以来最好的时代。

四　往西去！

我在莫斯科住了三天，见着一些中国共产党的朋友，他们很劝我在俄国多考察一些时间。我因为要赶到英国去开会，所以不能久留。那时冯玉祥将军在莫斯科郊外避暑，我听说他很崇拜苏俄，常常绘画列宁的肖像。我对他的秘书刘伯坚诸君说：我很盼望冯先生从俄国向西去看看。即使不能看美国，至少也应该看看德国。

我的老朋友李大钊先生他在被捕之前一两月曾对北京朋友说："我们应该写信给适之，劝他仍旧从俄国回来，不要让他往西去打美国回来。"但他说这话时，我早已到了美国了。

我希望冯玉祥先生带了他的朋友往西去看看德国美国；李大钊先生却希

望我不要往西去。要明白此中的意义,且听我再说一件有趣味的故事。

我在日本时,同了马伯援先生去访问日本最有名的经济学家福田德三博士。我说:"福田先生,听说先生新近到欧洲游历回来之后,先生的思想主张颇有改变,这话可靠吗?"

他说:"没有什么大的改变。"

我问:"改变的大致是什么?"

他说:"从前我主张社会政策,这次从欧洲回来之后,我不主张这种妥协的缓和的社会政策了。我现在以为这其间只有两条路,不是纯粹的马克思派社会主义,就是纯粹的资本主义。没有第三条路。"

我说:"可惜先生到了欧洲不曾走得远点,索性到美国去看看,也许可以看见第三条路,也未可知。"

福田博士摇头说:"美国我不敢去,我怕到了美国会把我的学说完全推翻了。"

我说:"先生这话使我颇失望。学者似乎应该尊重事实。若事实可以推翻学说,那么,我们似乎应该抛弃那学说,另寻更满意的假设。"

福田博士摇头说:"我不敢到美国去。我今年五十五了,等到我六十岁时,我的思想定了,不会改变了,那时候我要往美国看看去。"

* * * *

这一次的谈话给了我一个绝大的刺激。世间的大问题决不是一两个抽象名词（如"资本主义"、"共产主义"等等）所能完全包括的。最要紧的是事实。现今许多朋友却只高谈主义，不肯看看事实。孙中山先生曾引外国俗语说："社会主义有五十七种，不知那一种是真的。"岂但社会主义有五十七种？资本主义还不止五百七十种呢！拿一个"赤"字抹杀掉新运动，那是张作霖吴佩孚的把戏。然而拿一个"资本主义"来抹杀掉一切现代国家，这种眼光究竟比张作霖吴佩孚高明多少？

朋友们，不要笑那位日本学者。他还知道美国有些事实足以动摇他的学说，所以他不敢去。我们之中却有许多人决不承认世上会有事实足以动摇我们的迷信的。

五 东方人的"精神生活"

我到纽约后的第十天——一月二十一日——《纽约时报》上登出一条很有趣味的新闻：

昨天下午一点钟，纽吉赛邦的恩格儿坞（Englewood, N.J.）的山郎先生住宅面前，围了许多男男女女、小孩子、小狗，等着要看一位埃及道人（Fakir）名叫哈密的被活埋的奇事。

哈密道人站在那掘好的坟坑的旁边；微微的雨点洒在他的飘飘的长袍上。他身边站着两个同道的助手。

人越来越多了。到了一点一分的时候,哈密道人忽然倒在地下,不省人事了。两个请来的医生同了三个报馆访员动手把他的耳朵、鼻子、嘴都用棉花塞好。随后便有人来把哈密道人抬下坟坑,放在坑里的内穴里。他脸上撒了一薄层的沙。内穴上面用木板盖好。

内穴上面还有三尺深的空坑,他们也用泥土填满了。填满了后,活埋的工作算完了。

到场的许多人都走进山郎先生的家里去吃茶点。山郎夫人未嫁之前就是那位绰号"千眼姑娘"的李麻小姐。她在那边招待来宾,大家谈着"人生无涯"一类的问题,静候那活埋道人的复活。

一点钟过去了。……一点半过去了。……两点钟过去了。……

到了下午四点,三个爱尔兰的工人动手把坟掘开。三个黑种工人站在旁边陪着,——也许是给那三个白种同伴镇压邪鬼罢。

四点钟敲过不久,哈密道人扶起来了。扶到了空气里,他便颤动了,渐渐活过来了。他低低地喊了一声"胡帝尼",微微一笑,他回生了。

他未埋之先,医生验过他的脉跳是七十二,呼吸是十八。复活之后,脉跳与呼吸仍是七十二与十八。他在坑里足足埋了两点五十二分。

这回的安排布置全是勒夫公司(Loew's)的杜纳先生办理的。杜纳先生说,本想同这位埃及道人订一个"杂耍戏"的契约,不过还得考虑一会,因为看戏的人等不得三个钟头就都会跑光了。

哈密道人却很得意,他说他还可以活埋三天咧。

* * * *

美国是个有钱的地方,世界各国的奇奇怪怪的宗教掮客都赶到这里来招揽信徒,炫卖花样。前一年,有个埃及道人名叫拉曼(Rahman)的,自称能收敛心神,停止呼吸。他当大众试验,闭在铁棺内,沉在赫贞河里,过一点钟之久。当时美国有大幻术家胡帝尼(Harry Houdini)研究此事,说这不是停止呼吸,乃是一种"浅呼吸",是可以操练出来的。胡帝尼自己练习,到了去年夏间,他也公开试验:睡在铁棺里,叫人沉在纽约谢尔敦大旅馆的水池里,过了一点半钟,方才捞起来。开棺之后,依然复生,不过脉跳增加至一百四十二跳而已。胡帝尼的成绩比拉曼加长半点钟,颇能使人明白这种把戏不过是一种技术上的训练,并没有什么精神作用。

胡帝尼死后,这班东方道人还不服气,所以有今年一月二十日哈密道人的公开试验。哈密的成绩又比胡帝尼加长了八十二分钟,应该够得上和勒乌公司订六个月的"杂耍戏"的契约了,然而杜纳先生又嫌活埋三点钟太干燥无味了,怕不能号召看戏的群众!可惜,可惜!大概哈密先生和他的道友们后来仍旧回到东方去继续他们的"内心生活"了罢。

胡帝尼的试验的精神是很可佩服的。其实即使这班东方道人真能活埋三点钟以至三天,完全停止呼吸,这又算得什么精神生活?这里面那有什么"精神的分子"?

泥里的蚯蚓,以至一切冬天蛰伏的爬虫,不是都能这样吗?

六　麻将

前几年，麻将牌忽然行到海外，成为出口货的一宗。欧洲与美洲的社会里，很有许多人学打麻将的；后来日本也传染到了。有一个时期，麻将竟成了西洋社会里最时髦的一种游戏：俱乐部里差不多桌桌都是麻将，书店里出了许多种研究麻将的小册子，中国留学生没有钱的可以靠教麻将吃饭挣钱。欧美人竟发了麻将狂热了。

谁也梦想不到东方文明征服西洋的先锋队却是那一百三十六个麻将军！

这回我从西伯利亚到欧洲，从欧洲到美洲，从美洲到日本，十个月之中，只有一次在日本京都的一个俱乐部里看见有人打麻将。在欧美简直看不见麻将了。我曾问过欧洲和美国的朋友，他们说，"妇女俱乐部里，偶然还可以看见一桌两桌打麻将的，但那是很少的事了。"我在美国人家里，也常看见麻将牌盒子——雕刻装潢很精致的——陈列在室内，有时一家竟有两三副。但从不见主人主妇谈起麻将；他们从不向我这位麻将国的代表请教此中的玄妙！麻将在西洋已成了架上的古玩了；麻将的狂热已退凉了。

我问一个美国朋友，为什么麻将的狂热过去的这样快？他说："女太太们喜欢麻将，男子们却很反对，终于是男子们战胜了。"

这是我们意想得到的。西洋的劳动奋斗的民族决不会做麻将的信徒，决不会受麻将的征服。麻将只是我们这种好闲爱荡、不爱惜光阴的"精神文明"的中华民族的专利品。

当明朝晚年，民间盛行一种纸牌，名为"马吊"。马吊只有四十张牌。

有一文至九文，一千至九千，一万至九万等，等于麻将牌的筒子索子万子。还有一张"零"，即是"白板"的祖宗。还有一张"千万"，即是徽州纸牌的"千万"。马吊牌上每张上画有《水浒传》的人物。徽州纸牌上的"王英"即是矮脚虎王英的遗迹。乾隆嘉庆间人汪师韩的全集里收有几种明人的马吊牌。（在《丛睦汪氏丛书》内。）

马吊在当日风行一时，士大夫整日整夜的打马吊，把正事都荒废了。所以明亡之后，吴梅村作《绥寇纪略》说，明之亡是亡于马吊。

三百年来，四十张的马吊逐渐演变，变成每样五张的纸牌，近七八十年中又变为每样四张的麻将牌。（马吊三人对一人，故名"马吊牌"，省称"马吊"；"麻将"为"麻雀"的音变，"麻雀"为"马脚"的音变。）越变越繁复巧妙了，所以更能迷惑人心，使国中的男男女女，无论富贵贫贱，不分日夜寒暑，把精力和光阴葬送在这一百三十六张牌上。

英国的"国戏"是Cricket，美国的国戏是Baseball，日本的国戏是角抵。中国呢？中国的国戏是麻将。

麻将平均每四圈费时约两点钟。少说一点，全国每日只有一百万桌麻将，每桌只打八圈，就得费四百万点钟，就是损失十六万七千日的光阴，金钱的输赢，精力的消磨，都还在外。

我们走遍世界，可曾看见那一个长进的民族，文明的国家，肯这样荒时废业的吗？一个留学日本朋友对我说："日本人的勤苦真不可及！到了晚上，登高一望，家家板屋里都是灯光；灯光之下，不是少年人跪着读书，便是老年人跪着翻书，或是老妇人跪着做活计。到了天明，满街上，满电车上都是上学去的儿童。单只这一点勤苦就可以征服我们了。"

其实何止日本？凡是长进的民族都是这样的。只有咱们这种不长进的民族以"闲"为幸福，以"消闲"为急务，男人以打麻将为消闲，女人以打麻将为家常，老太婆以打麻将为下半生的大事业！

从前的革新家说中国有三害：鸦片、八股、小脚。鸦片虽然没禁绝，总算是犯法的了。虽然还有做"洋八股"与更时髦的"党八股"的，但八股的四书文是过去的了。小脚也差不多没有了。只有这第四害，麻将，还是日兴月盛，没有一点衰竭的样子，没有人说它是可以亡国的大害。新近麻将先生居然大摇大摆地跑到西洋去招摇一次，几乎做了鸦片与杨梅疮的还敬礼物。但如今他仍旧缩回来了，仍旧回来做东方精神文明的国家的国粹、国戏！

后　记

"漫游的感理"本不止这六条，我预备写四五十条，作成一本游记。但我当时正在赶写《白话文学史》，忙不过来，便把游记搁下来了。现在我把这六条保存在这里，因为游记专书大概是写不成的了。

十九，三，十。

差 不 多 先 生 传

你知道中国最有名的人是谁？

提起此人，人人皆晓，处处闻名。他姓差，名不多，是各省各县各村人氏。你一定见过他，一定听过别人谈起他。差不多先生的名字天天挂在大家的口头，因为他是中国全国人的代表。

差不多先生的相貌和你和我都差不多。他有一双眼睛，但看的不很清楚；有两只耳朵，但听得不很分明；有鼻子和嘴，但他对于气味和口味都不很讲究。他的脑子也不小，但他的记性却不很精明，他的思想也不很细密。他常常说："凡事只要差不多，就好了。何必太精明呢？"

他小的时候，他妈叫他去买红糖，他买了白糖回来。他妈骂他，他摇摇头说："红糖白糖不是差不多吗？"

他在学堂的时候，先生问他："直隶省的西边是哪一省？"他说是陕西。先生说："错了。是山西，不是陕西。"他说："陕西同山西，不是差不多吗？"

后来他在一个钱铺里做伙计；他也会写，也会算，只是总不会精细。十字常常写成千字，千字常常写成十字。掌柜的生气了，常常骂他。他只是笑嘻嘻地赔小心道："千字比十字只多一小撇，不是差不多吗？"

有一天，他为了一件要紧的事，要搭火车到上海去。他从从容容地走到火车站，迟了两分钟，火车已开走了。他白瞪着眼，望着远远的火车上的煤烟，摇摇头道："只好明天再走了，今天走同明天走，也还差不多。可是火车公司未免太认真了。八点三十分开，同八点三十二分开，不是差不多吗？"他一面说，一面慢慢地走回家，心里总不明白为什么火车不肯等他两分钟。

有一天，他忽然得了急病，赶快叫家人去请东街的汪医生。那家人急急忙忙地跑去，一时寻不着东街的汪大夫，却把西街牛医王大夫请来了。差不多先生病在床上，知道寻错了人；但病急了，身上痛苦，心里焦急，等不得了，心里想道："好在王大夫同汪大夫也差不多，让他试试看罢。"于是这位牛医王大夫走近床前，用医牛的法子给差不多先生治病。不上一点钟，差不多先生就一命呜呼了。

差不多先生差不多要死的时候，一口气断断续续地说道："活人同死人也差……差……差不多，凡事只要……差……差……不多……就……好了，何……何……必……太……太认真呢？"他说完了这句格言，方才绝气了。

他死后，大家都很称赞差不多先生样样事情看得破，想得通；大家都说他一生不肯认真，不肯算账，不肯计较，真是一位有德行的人。于是大家给他取个死后的法号，叫他做圆通大师。

他的名誉越传越远，越久越大。无数无数的人都学他的榜样。于是人人都成了一个差不多先生。——然而中国从此就成为一个懒人国了。

庐山游记（节选）

昨夜大雨，终夜听见松涛声与雨声，初不能分别，听久了才分得出有雨时的松涛与雨止时的松涛，声势皆很够震动人心，使我终夜睡眠甚少。

早起雨已止了，我们就出发。从海会寺到白鹿洞的路上，树木很多，雨后青翠可爱。满山满谷都是杜鹃花，有两种颜色，红的和轻紫的，后者更鲜艳可喜。去年过日本时，樱花已过，正值杜鹃花盛开，颜色种类很多，但多在公园及私人家宅中见之，不如今日满山满谷的气象更可爱。因作绝句记之：

长松鼓吹寻常事，最喜山花满眼开。
嫩紫鲜红都可爱，此行应为杜鹃来。

到白鹿洞。书院旧址前清时用作江西高等农业学校，添有校舍，建筑简陋潦草，真不成个样子。农校已迁去，现设习林事务所。附近大松树都钉有木片，写明保存古松第几号。此地建筑虽极不堪，然洞外风景尚好。有小溪，浅水急流，铮淙可听；溪名贯道溪，上有石桥，即贯道桥，皆朱子起的名字。桥上望见洞后诸松中一松有紫藤花直上到树杪，藤花正盛开，艳丽可喜。

白鹿洞本无洞；正德中，南康守王溱开后山作洞，知府何浴凿石鹿置洞中。这两人真是大笨伯！

白鹿洞在历史上占一个特殊地位，有两个原因。第一，因为白鹿洞书院是最早的一个书院。南唐升元中（九三七—九四二）建为庐山国学，置田聚徒，以李善道为洞主。宋初因置为书院，与睢阳、石鼓、岳麓三书院并称为"四大书院"，为书院的四个祖宗。第二，因为朱子重建白鹿洞书院，明定学规，遂成后世几百年"讲学式"的书院的规模。宋末以至清初的书院皆属于这一种。到乾隆以后，朴学之风气已成，方才有一种新式的书院起来；阮元所创的沽经精舍、学海堂，可算是这种新式书院的代表。南宋的书院祀北宋周邵和诸先生；元明的书院祀程朱；晚明的书院多祀阳明；王学衰后，书院多祀程朱。乾嘉以后的书院乃不祀理学家而改祀许慎郑玄等。所祀的不同便是这两大派书院的根本不同。

朱子立白鹿洞书院在淳熙己亥（一一七八），他极看重此事，曾札上丞相说：

愿得比祠官例，为白鹿洞主，假之稍廪，使得终与诸生讲习其中，犹愈于崇奉异教香火，无事而食也。（《庐山志》八，页二，引《洞志》。）

他明明指斥宋代为道教宫观设祀官的制度，想从白鹿洞开一个儒门创例来抵制道教。他后来奏对孝宗，申说请赐书院额，并赐书的事，说：

今老佛之宫布满天下，大都逾百，小邑亦不下数十，而公私增益势犹未已。至于学校，则一郡一邑仅置一区，附廓之县叉不复有。盛衰多寡相悬如此！（同上，页三。）

这都可见他当日的用心。他定的《白鹿洞规》，简要明白，遂成为后世七百年的教育宗旨。

庐山有三处史迹代表三大趋势：（一）慧远的东林，代表中国"佛教化"与佛教"中国化"的大趋势。（二）白鹿洞，代表中国近世七百年的宋学大趋势。（三）牯岭，代表西方文化侵入中国的大趋势。

从白鹿洞到万杉寺。古为庆云庵，为"律"居，宋景德中有大超和尚手种杉树万株，天圣中赐名万杉。后禅学盛行，遂成"禅寺"。南宋张孝祥有诗云：

老干参天一万株，庐山佳处浮着图。
只因买断山中景，破费神龙百斛珠。
（《志》五，页六十四，引《程史》。）

今所见杉树，粗又如瘦碗，皆近年种的。有几株大樟树，其一为"五爪樟"，大概有三四百年的生命了；《指南》（编者按指《庐山指南》）说"皆宋时物"，似无据。

从万杉寺西行约二三里，到秀峰寺。吴氏旧《志》无秀峰寺，只有开光寺。毛德琦《庐山新志》（康熙五十九年成书。我在海会寺买得一部，有同治十年，宣统二年，民国四年补版。我的日记内注的卷页数，皆指此书。）说：

康熙丁亥（一七〇七）寺僧超渊往淮迎驾，御书秀峰寺赐额，改今名。明光寺起于南唐中主李璟。李主年少好文学，读书于庐山；后来先主代杨氏而建国，李璟为世子，遂嗣位。他想念庐山书堂，遂于其地立寺，因有开国之祥，故名开先寺，以绍宗和尚主之。宋初赐名开先华藏；后有善暹，为禅门大师，有众数百人。至行瑛，有治事才，黄山谷称"其材器能立事，任人役物如转石于千仞之溪，无不如意。"行瑛发愿重新此寺。开先之屋无虑四百楹，成于瑛世者十之六，穷壮极丽，迄九年。乃即功。（黄庭坚《开先禅院修造记》，《志》五，页十六至十八。）此是开先极盛时，康熙间改名时，皇帝赐额，赐御书《心经》，其时"世之人无不知有秀峰"（郎廷极《秀峰寺记》，《志》五，页六至七。）其时也可称是盛世。到了今日，当时所谓"穷壮极丽"的规模只剩败屋十几间，其余只是颓垣废址了。读书台上有康熙帝临米芾书碑，尚完好；其下有石刻黄山谷书《七佛偈》，及王阳明正德庚辰（一五二〇）三月《纪功题名碑》，皆略有损坏。

寺中虽颓废令人感叹，然寺外风景则绝佳，为山南诸处的最好风景。寺址在鹤鸣峰下，其西为龟背峰，又西为黄石岩，又西为双剑峰，又西南为香炉峰，都嵌奇可喜。鹤鸣与龟背之间有马尾泉瀑布，双剑之左有瀑布水；两个瀑泉遥遥相对，平行齐下，下流入壑，汇合为一水，进出山峡中，遂成最著名的青玉峡奇景。水流出峡，入于龙潭。昆山与祖望先到青玉峡，徘徊不肯去，叫人来催我们去看。我同梦旦到了那边，也徘徊不肯离去。峡上石刻甚多。有米芾书"第一山"大字，今钩摹作寺门题榜。

徐凝诗"今古长如白练飞，一条界破青山色"，即是咏瀑布的。李白《瀑布泉》诗也是指此瀑。旧《志》载瀑布水的诗甚多，但总没有能使人满意的。

由秀峰往西约十二里，到归宗寺。我们在此午餐，时已下午三点多钟，饿得不得了。归宗寺为庐山大寺，也很衰落了。我向寺中借得《归宗寺志》四卷，是民国甲寅先勤本坤重修的，用活字排印，错误不少，然可供我的参考。

我们吃了饭，往游温泉。温泉在柴桑桥附近，离归宗寺五六里，在一田沟里。雨后沟水浑浊，微见有两处起水泡，即是温泉。我们下手去试探，一处颇热，一处稍减。向农家买得三个鸡蛋，放在两处，七八分钟，因天下雨了，取出鸡蛋，内里已温而未熟。田陇间有新碑，我去看，乃是星子县的告示，署民国十五年，中说，接康南海先生函述在此买田十亩，立界碑为记的事。康先生去年死了。他若不死，也许能在此建立一所浴室。他买的地横跨温泉的两岸。今地为康氏私产，而业归海会寺管理，那班和尚未必有此见识做此事了。

此地离栗里不远，但雨已来了，我们要赶回归宗，不能去寻访陶渊明的故里了。道上见一石碑，有"柴桑桥"大字。旧《志》已说"渊明故居，今不知处"。（四，页七。）桑乔疏说，去柴桑桥一里许有渊明的醉石。（四，页六。）旧《志》又说，醉石谷中有五柳馆，归去来馆。归去来馆是朱子建的，即在醉石之侧，朱子为手书颜真卿《醉石诗》，并作长跋，皆刻石上，其年月为淳熙辛丑（一一八一）七月。（四，页八。）此二馆今皆不存，醉石也不知去向了。庄百俞先生《庐山游记》说他曾访醉石，乡人皆不知。记之以告后来的游者。

今早轿上读旧《志》所载周必大《庐山后录》，其中说他访栗里，求醉石，土人直云，"此去有陶公祠，无栗里也。"（十四，页十八。）南宋时已如此，我们在七百年后更不易寻此地了，不如阙疑为上。《后录》有云：

尝记前人题诗云：

五字高吟酒一瓢,庐山千古想风标。

至今门外青青柳,不为东风肯折腰。

惜乎不记其姓名。

我读此诗,忽起一感想:陶渊明不肯折腰,为什么却爱那最会折腰的柳树?今日从温泉回来,戏用此意作一首诗:

陶渊明同他的五柳

当年有个陶渊明,不惜性命只贪酒。
骨硬不能深折腰,弃官回来空两手。

瓮中无米琴无弦,老妻娇儿赤脚走。
先生吟诗自嘲讽,笑指篱边五株柳。
"看他风里尽低昂!这样腰肢我无有。"

晚上在归宗寺过夜。

中国爱国女杰王昭君传

列位看我写这篇传记，一定要奇怪，说这"王昭君"三字，怎么能和这"爱国女杰"四字合在一呢？那王昭君不是汉朝一个失宠的宫女么？不是受画工毛延寿的害，不中元帝之意，被元帝派去和番的么？这个人怎么算得爱国的女豪杰呢？列位这种疑心并没有错，不过列位都被那古时做书的人欺骗了几千年，所以如今还说这种话，简直把这位爱国女杰王昭君，受了二千年的冤枉，埋没到如今。我如今既然找得真凭实据，可以证明这位王昭君确是一位爱国女豪来，断不敢不来表彰一番，使大家来崇拜。这便是在下做这篇昭君传的原因了。

我且先说那旧说。那旧说道，王昭君是汉元帝时候一个宫人。那是元帝的后宫，人太多了，一时不能看遍。遂召许多画工，把那些宫人的容貌，都画成一册，好照着那册子上的面貌，按图召见。便有那许多宫人，容貌中常的，便在那画工面前行了贿赂，有送十万钱的，也有送五万钱的。只有王昭君不屑做这些苟且无耻的事，那画工不能得钱，便把昭君的容貌画成丑相。后来匈奴（匈奴是汉朝北方一种外族人的种名，时常来找中国）的单于来朝（单于是匈奴国王的称呼，和中国称王一般），向皇帝求一个美女。元帝翻那画册，只见王昭君的面貌最丑，便许了匈奴，把昭君赐他。到了次日，元帝便召昭君来见，不料竟是一个绝色美人，竟是宫中第一等的美人，一切应对举止，没有一件不好的。元帝心中可惜的了不得。但是既许了匈奴，不便失信于外夷，只得把昭君赐了匈奴。后来元帝心中越想越可惜，便把那些画工都抓来杀了。

以上说的，都是从前说王昭君的话头。你想那些画工竟敢在皇帝宫中做起买卖来了，胆子也算大极了。况且元帝既见之后，又何尝不可把别人来代替他？所以这种话都是靠不住的。我如今所引证的，也是从古书上来的，并不是无稽之谈。列位且听我道来。

王昭君，名嫱，是蜀郡秭归人氏。他父亲叫王穰，所生只有昭君一女。昭君自幼便和平常女儿家不同，一切举动都合礼法。长成的时候，生得秀外慧中，绝代丰姿，真个宋玉说的"增一分则太长，减一分则太短，傅粉则大白，涂脂则太赤"。再加上幽嫺贞静，所以不到十七岁，便早已通国闻名的了。及笄以后，那些世家王孙来求婚的，真个不知其数。他父亲总不肯许。恰巧那时元帝选良家女子入宫，王穰听了这个消息，便来与女儿说知，想要把昭君送进宫去。王昭君听了这话，心中自己估量，自思自己的父亲只生一女，古语道得好，"生女不生男，缓急非所益"，父母生我一场，难道亲患未报，就此罢了不成？如今不如趁这机会，进得宫去，或者得了天子恩宠，得为昭仪或是婕妤，那时可不是连我的父母祖宗都有了光荣，也不枉父母生我一场。主意已定，便极力赞成王穰的说话。王穰见女儿情愿，便把昭君献入宫去，看官要晓得，这原是昭君一片孝心，想做那光耀门楣的女儿。那里晓得皇帝的深宫，是一个最凄惨最可怜的地方，古来许多诗人做的许多宫怨的诗词，已是写得穷形尽致了。更有那《红楼梦》上说的，有一位贾元妃，对他父亲说："当日送我到那不见人的去处"，你看这十二个字，写得多少凄怆呜咽，人尚且不能见，什么生人的乐趣，更不用说自然是没有的了。那宫中几千宫女，个个抬起头来，望着皇帝来临，甚至于有用竹叶插门，盐水洒地，来引皇帝的羊车的。其实好好一个人，到了这种地方，除了卑鄙龌龊苟且逢迎之外，那里还想得天子的顾盼。唉，这种卑鄙污下的行为，岂是我们这位爱国女杰王昭君做得到的么？昭君到了这个地方，看了这种行为，心想自己容貌虽好，品行虽好，终究不能得天子的宠遇，休说宠遇，简直连天子的颜色都不大望得见了。要是照这样下去，还不是到头做一个白发宫人么？昭君想到这里，自然要蛾眉紧蹙，珠泪常垂的了。

看官要记清，上面所说的，都是王昭君入宫的历史。如今要说那王昭君爱国的历史了，看官须晓得，汉朝一代，最大的边患便是那匈奴，从汉高祖以来，常常入寇中国，弄得中国边境年年出兵，民不聊生。宣帝的时候，匈奴内乱，自相争杀，遂分成两国，一边是呼韩邪单于，一边是那支单于。后来汉朝帮助呼韩邪，攻杀那支，呼韩邪单于大喜，遂来中国，入朝朝觐。那时正是汉元帝竟宁元年。那时便是王昭君立功的时代了。

那时呼韩邪来朝，先谢皇帝复国的恩典，便说："小臣得天子威灵，得有今日，从此以后，断不敢再萌异心。如今想求皇帝赐一个中国女子给臣，使小臣生为汉朝的臣子，又做汉朝的女婿，子孙便做汉朝的外甥。从此匈奴可不是永成了天朝的外臣么？"皇帝听了呼韩邪的话，心中很喜欢，只是一件，那匈奴远在长城之外，胡天万里，冰霜遍地，沙漠匝天。住的是帐篷幕，吃的是膻肉酪浆。那种苦况，这些娇滴滴的宫娃，那里受得起。谁肯舍了这柏梁建章的宫殿，去吃这种惨不可言的苦况呢。想到这里，心里便踌躇起来了，便叫内监，把全宫的宫人都宣上殿来。不多一会，那金殿上，便黑压压地到了无数如花似玉的宫人。元帝便问道："如今匈奴的国王，要求朕赐一女子给他，你们如有愿去匈奴的，可走出来。"连问了几遍，那些宫人面面相觑，没有一个敢答应的。那时王昭君也在其内,听了皇帝的话,看了大家的情形,晓得大众的意思,都是偷安旦夕,全不顾大局的安危,心里便老大不自在。心想我王嫱入宫已有几年了,长门之怨自不消说,与其做个碌碌无为的上阳宫人,何如轰轰烈烈做一个和亲的公主。我自己的姿容或者能够感动匈奴的单于,使他永远做汉朝的臣子,一来呢,可以增进大汉的国威,二来呢,使两国永永休兵罢战,也免了那边境上年年生灵涂炭之苦。将来汉史上即使不说我的功勋,难道那边塞上的口碑,也把我埋没了么?想到这里,便觉得这事竟是我王嫱义不容辞的责任了!昭君主意已定,叹了一口气,黯然立起身来,颤巍巍地走出班来,说:"臣妾王嫱愿去匈奴"。那时元帝看见没有人肯去,正在狐疑的时候,忽见人丛里走出这么一位倾城倾国绝代无双的美人来,定睛一看,竟是宫中第一个绝色美人,而且是平日没有见过的。这时候元帝又惊又喜,又怜又惜,惊的是宫中竟有这么一个美人,喜的是这位美人竟肯远去匈奴,怜的是这位美人怎禁得起那万里长征的苦趣,惜的是宫中有了这个美人,却不曾享受得,便把去送与匈奴,岂不可惜,岂不可惜么?皇帝心中虽有可惜,然而那时匈奴的使臣,陪着呼韩邪单于,都在殿上,昭君的美貌,是满朝都看见了的,昭君的言语,是都听见了的,到了这时候,唉,虽有天子的威力,大汉的国势,也不能挽回这事了。元帝到了这时候,一时没得法了,只好把昭君赐与匈奴。从此以后,我们这位爱国女杰王昭君,便做了匈奴呼韩邪单于的大阏支(阏支的意思,和我们中国称王后一般)了。

呼韩邪单于得了王昭君,快活极了。那时汉元帝封昭君为宁胡阏支,这"宁胡"二字,便是"安抚胡人"的意思。果然一个王昭君,竟胜似千百万雄兵,从此以后,胡也宁了,汉也宁了。那时呼韩邪单于便和昭君回到匈奴,一路上经过许多平沙大漠,呼韩邪便叫匈奴的乐士在马上弹起琵琶来,叫昭君一路行一路听着,免得他生思乡之念。不多时昭君到了匈奴。匈奴便年年进贡，永远做汉朝的外臣。于是汉朝的国威远及西北诸国，从元帝到成帝、哀帝、平帝，一直到王莽篡汉的时候。那时呼韩邪也死了，昭君也死了，他子孙做单于的都说，我国世世为汉朝的外甥，如今天子已非刘氏，如何做他的藩属？于是匈奴遂不进贡了，遂独立了。可见这都是这位爱国女杰王昭君的功劳。这便是王昭君的爱国历史，我们中国几千年来，人人都可怜王昭君出塞和番的苦趣，却没有一个晓得赞叹王昭君的爱国苦心的。唉，怎么对得住王昭君呀，那真是对不住王昭君了！

胡 适 诗 歌 欣 赏

蝴蝶

两个黄蝴蝶,双双飞上天。
不知为什么,一个忽飞还。
剩下那一个,孤单怪可怜;
也无心上天,天上太孤单。

一念

我笑你绕太阳的地球,一日夜只打得一个回旋;
我笑你绕地球的月亮,总不会永远团圆;
我笑你千千万大大小小的星球,总跳不出自己的轨道线;
我笑你一秒钟行五十万里无线电,总比不上我区区的心头一念!
我这心头一念:
才从竹竿巷,忽到竹竿尖;忽在赫贞江上,忽在凯约湖边;
我若真个害刻骨的相思,便一分钟绕遍地球三千万转!

[原注]竹竿巷,是我住的巷名。竹竿尖,是吾村后山名。

梦与诗

都是平常经验，
都是平常形象，
偶然涌到梦中来，
变幻出多少新奇花样！

都是平常情感，
都是平常言语，
偶然遇着诗人，
变幻出多少新奇诗句！

醉过才知酒浓，
爱过才知情重——
你不能做我的诗，
正如我不能做你的梦。

［自跋］这是我的"诗的经验主义"。简单一句话：做梦尚且要经验做底子，何况作诗？现在人的大毛病就在爱做没有经验底子的诗。北京一位新诗人说"棒子面一根一根的往嘴里送"；上海一位诗学大家说"昨日蚕一眠，今日蚕二眠，蚕眠人不眠！"吃面养蚕何尝不是世间最容易的事？但没有这种经验的人，连吃面养蚕都不配说。——何况作诗？

秘魔崖月夜

依旧是月圆时，
依旧是空山，静夜；

我独自月下归来，
这凄凉如何能解！
翠微山上的一阵松涛，
惊破了空山的寂静。
山风吹乱了窗纸上的松痕。
吹不散我心头的人影。

五
告诉年轻人的话

读 书

"读书"这个题，似乎很平常，也很容易。然而我却觉得这个题目很不好讲。据我所知，"读书"可以有三种说法：

一、要读何书

关于这个问题，《京报副刊》上已经登了许多时候的"青年必读书"；但是这个问题，殊不易解决，因为个人的见解不同，个性不同。各人所选只能代表各人的嗜好，没有多大的标准作用。所以我不讲这一类的问题。

二、读书的功用

从前有人作"读书乐"，说什么"书中自有千钟粟，书中自有黄金屋，书中自有颜如玉"，现在我们不说这些话了。要说，读书是求知识，知识就是权力。这些话都是大家会说的，所以我也不必讲。

三、读书的方法

我今天是要想根据个人经验，同诸位谈谈读书的方法。我的第一句话是很平常的，就是说，读书有两个要素：

第一要精，
第二要博。

现在先说什么叫"精"。

我们小的时候读书，差不多每个小孩都有一条书签，上面写十个字，这十个字最普遍的就是"读书三到：眼到、口到、心到"。现在这种书签虽不用，三到的读书法却依然存在。不过我以为读书三到是不够的；须有四到，是："眼到、口到、心到、手到。"我就拿它来说一说。

眼到是要个个字认得，不可随便放过。这句话起初看去似乎很容易，其实很不容易。读中国书时，每个字的一笔一画都不放过。近人费许多功夫在校勘学上，都因古人忽略一笔一画而已。读外国书要把ABCD等字母弄得清清楚楚，所以说这是很难的。如有人翻译英文，把port看作pork，把oats看作oaks，于是葡萄酒一变而为猪肉，小草变成了大树。说起来这种例子很多，这都是眼睛不精细的结果。书是文字做成的，不肯仔细认字，就不必读书。眼到对于读书的关系很大，一时眼不到，贻害很大，并且眼到能养成好习惯，养成不苟且的人格。

口到是一句一句要念出来。前人说口到是要念到烂熟背得出来。我们现在虽不提倡背书，但有几类的书，仍旧有熟读的必要；如心爱的诗歌，如精彩的文章，熟读多些，于自己的作品上也有良好的影响。读此外的书，虽不须念熟，也要一句一句念出来，中国书如此，外国书更要如此。念书的功用能使我们格外明了每一句的构造，句中各部分的关系。往往一遍念不通，要念两遍以上，方才能明白的。读好的小说尚且要如此，何况读关于思想学问的书呢？

心到是每章、每句、每字意义如何？何以如是？这样用心考究。但是用心不是叫人枯坐冥想，是要靠外面的设备及思想的方法的帮助。要做到这一点，须要有几个条件：

一、字典、辞典、参考书等等工具要完备。这几样工具虽不能办到，也当到图书馆去看。我个人的意见是奉劝大家，当衣服，卖田地，至少要置备一点好的工具。比如买一本《韦氏大字典》，胜于请几个先生。这种先生终身跟着你，终身享受不尽。

二、要做文法上的分析。用文法的知识，作文法上的分析，要懂得文法构造，方才懂得它的意义。

三、有时要比较参考，有时要融会贯通，方能了解。不可但看字面。

一个字往往有许多意义，读者容易上当。例如turn这字：

作外动字解有十五解，
作内动字解有十三解，
作名词解有二十六解，
共五十四解，而成语不算。

又如Strike：

作外动字解有三十一解，
作内动字解有十六解，
作名词解有十八解，
共六十五解。

又如go字最容易了，然而这个字：

作内动字解有二十二解，

作外动字解有三解，

作名词解有九解，

共三十四解。

以上是英文字须要加以考究的例。英文字典是完备的；但是某一字在某一句究竟用第几个意义呢？这就非比较上下文，或贯串全篇，不能懂了。

中文较英文更难，现在举几个例：

祭文中第一句"维某年月日"之"维"字，究作何解？字典上说它是虚字。《诗经》里"维"字有二百多，必须细细比较研究，然后知道这个字有种种意义。

又《诗经》之"于"字，"之子于归""凤凰于飞"等句，"于"字究作何解？非仔细考究是不懂的。又"言"字人人知道，但在《诗经》中就发生问题，必须比较，然后知"言"字为连接字。诸如此例甚多。中国古书很难读，古字典又不适用，非是用比较归纳的研究方法，我们如何懂得呢？

总之，读书要会疑，忽略过去，不会有问题，便没有进益。

宋儒张载说："读书先要会疑。于不疑处有疑，方是进矣。"他又说："在可疑而不疑者，不曾学。学则须疑。"又说："学贵心悟，守旧无功。"

宋儒程颐说:"学原于思。"

这样看起来,读书要求心到;不要怕疑难,只怕没有疑难。工具要完备,思想要精密,就不怕疑难了。

现在要说手到。手到就是要劳动劳动你的贵手。读书单靠眼到、口到、心到,还不够的;必须还得自己动动手,才有所得。例如:

一、标点分段,是要动手的。
二、翻查字典及参考书,是要动手的。
三、做读书札记,是要动手的。札记又可分四类:

(a)抄录备忘。
(b)作提要、节要。
(c)自己记录心得。张载说:"心中苟有所开,即便札记。不则还塞之矣。"
(d)参考诸书,融会贯通,作有系统的著作。

手到的功用。我常说:发表是吸收知识和思想的绝妙方法。吸收进来的知识思想,无论是看书来的,或是听讲来的,都只是模糊零碎,都算不得我们自己的东西。自己必须做一番手脚,或做提要,或做说明,或做讨论,自己重新组织过,申叙过,用自己的语言记述过,——那种知识思想方才可算是你自己的了。

我可以举一个例。你也会说"进化",他也会谈"进化",但你对于"进化"这个观念的见解未必是很正确的,未必是很清楚的;也许只是一种"道听途说",也许只是一种时髦的口号。这种知识算不得知识,更算不得是"你的"知识。假如你听了我的话,不服气,今晚回去就去遍翻各种书籍，仔细研究进化论的科学上的根据；假使你翻了几天书之后，发愤动手，把你研究所得写成一篇读书札记；假使你真动手写了这么一篇"我为什么相信进化论"的札记，列举了：

一、生物学上的证据；
二、比较解剖学上的证据；
三、比较胚胎学上的证据；
四、地质学和古生物学上的证据；
五、考古学上的证据；
六、社会学和人类学上的证据。

到这个时候，你所有关于"进化论"的知识，经过了一番组织安排，经过了自己的去取叙述，这时候这些知识方才可算是你自己的了。所以我说，发表是吸收的利器；又可以说，手到是心到的法门。

至于动手标点，动手翻字典，动手查书，都是极要紧的读书秘诀，诸位千万不要轻轻放过。内中自己动手翻书一项尤为要紧。我记得前几年我曾劝顾颉刚先生标点姚际恒的《古今伪书考》。当初我知道他的生活困难，希望他标点一部书付印，卖几个钱。那部书是很薄的一本，我以为他一两个星期就可以标点完了。那知顾先生一去半年，还不曾交卷。原来他于每条引的书，都去翻查原书，仔细校对，注明出处，注明原书卷第，注明删节之处。他动手半年之后，来对我说，《古今伪书考》不必付印了，他现在要编辑一部疑古的丛书，叫作"辨伪丛刊"。我很赞成他这个计划，让他去动手。他动了一两年之后，更进步了，又超过那"辨伪丛刊"的计划了，他要自己创作了。他前年以来，对于中国古史，做了许多辨伪的文字；他眼前的成绩早已超过崔述了，更不要说姚际恒。顾先生将来在中国史学界的贡献一定不可限量，但我们要知道他成功的最大原因是他的手到的功夫勤而且精。我们可以说，没有动手不勤快而能读书的，没有手不到而能成学者的。

第二要讲什么叫"博"。

什么书都要读，就是博。古人说："开卷有益"，我也主张这个意思，所以说读书第一要精，第二要博。我们主张"博"有两个意思：

第一，为预备参考资料计，不可不博。
第二，为做一个有用的人计，不可不博。

第一，为预备参考资料计。

在座的人，大多数是戴眼镜的。诸位为什么要戴眼镜？岂不是因为戴了眼镜，从前看不见的，现在看得见了；从前很小的，现在看得很大了；从前看不分明的，现在看得清楚分明了？王荆公说得最好：

世之不见全经久矣。读经而已，则不足以知经。故某自百家诸子之书，至于《难经》《素问》《本草》诸小说，无所不读；农夫女工，无所不问；然后于经为能知其大体而无疑。盖后世学者与先王之时异矣；不如是，不足以尽圣人故也。……致其知而后读，以有所去取，故异学不能乱也。惟其不能乱，故能有所去取者，所以明吾道而已。《答曾子固》

他说："致其知而后读。"又说："读经而已，则不足以知经。"即如《墨子》一书在一百年前，清朝的学者懂得此书还不多。到了近来，有人知道光学、几何学、力学、工程学等等，一看《墨子》，才知道其中有许多部分是必须用这些科学的知识方才能懂的。后来有人知道了伦理学、心理学等等，懂得《墨子》更多了。读别种书愈多，《墨子》愈懂得多。

所以我们也说，读一书而已则不足以知一书。多读书，然后可以专读一书。譬如读《诗经》，你若先读了北大出版的《歌谣周刊》，便觉得《诗经》好懂的多了；你若先读过社会学、人类学，你懂得更多了；你若先读过文字学、古音韵学，你懂得更多了；你若读过考古学、比较宗教学等，你懂的更多了。

你要想读佛家唯识宗的书吗？最好多读点伦理学、心理学、比较宗教学，变态心理学。

无论读什么书总要多配几副好眼镜。

你们记得达尔文研究生物进化的故事吗？达尔文研究生物演变的现状，前后凡三十多年，积了无数材料，想不出一个单简贯串的说明。有一天他无意中读马尔图斯的《人口论》，忽然大悟生存竞争的原则，于是得着物竞天择的道理，遂成一部破天荒的名著，给后世思想界打开一个新纪元。

所以要博学者，只是要加添参考的材料，要使我们读书时容易得"暗示"；遇着疑难时，东一个暗示，西一个暗示，就不至于呆读死书了。这叫做"致其知而后读"。

第二，为做人计。

专工一技一艺的人，只知一样，除此之外，一无所知。这一类的人影响于社会很少，好有一比，比一根旗杆，只是一根孤拐，孤单可怜。

又有些人广泛博览，而一无所专长，虽可以到处受一班贱人的欢迎，其实也是一种废物。这一类人，也好有一比，比一张很大的薄纸，禁不起风吹雨打。

在社会上，这两种人都是没有什么大影响，为个人计，也很少乐趣。

理想中的学者，既能博大，又能精深。精深的方面，是他的专门学问。博大的方面，是他的旁搜博览。博大要几乎无所不知，精深要几乎惟他独尊，无人能及。他用他的专门学问做中心，次及于直接相关的各种学问，次及于间接相关的各种学问，次及于不很相关的各种学问，以及毫不相关的各种泛览。这样的学者，也有一比，比埃及的金字三角塔。那金字塔（据最近《东方杂志》，第二十二卷第六号，页一四七）高四百八十英尺，底边各边长七百六十四英尺。塔的最高度代表最精深的专门学问；从此点以次递减，代表那旁收博览的各种相关或不相关的学问。塔底的面积代表博大的范围，精深的造诣，博大的同情心。这样的人，对社会是极有用的人才，对自己也能充分享受人生的趣味。宋儒程颢说的好：

须是大其心使开阔：譬如为九层之台，须大做脚始得。

博学正所以"大其心使开阔"。我曾把这番意思编成两句粗浅的口号，现在拿出来贡献给诸位朋友，作为读书的目标：

为学要如金字塔，要能广大要能高。

十四，四，二十二夜改稿。

文学改良刍议

今之谈文学改良者众矣,记者末学不文,何足以言此。然年来颇于此事再四研思,辅以友朋辩论,其结果所得,颇不无讨论之价值。因综括所怀见解,列为八事,分别言之,以与当世之留意文学改良者一研究之。

吾以为今日而言文学改良,须从八事入手。八事者何?

一曰,须言之有物。
二曰,不模仿古人。
三曰,须讲求文法。
四曰,不作无病之呻吟。
五曰,务去滥调套语。
六曰,不用典。
七曰,不讲对仗。
八曰,不避俗字俗语。

一曰须言之有物

吾国近世文学之大病,在于言之无物。今人徒知"言之无文,行之不远",而不知言之无物,又何用文为乎。吾所谓"物",非古人所谓"文以载道"之说也。吾所谓"物",约有二事。

(一)情感

《诗序》曰,"情动于中而形诸言。言之不足,故嗟叹之。嗟叹之不足,故咏歌之。咏歌之不足,不知手之舞之,足之蹈之也。"此吾所谓情感也。情感者,文学之灵魂。文学而无情感,如人之无魂,木偶而已,行尸走肉而已。(今人所谓"美感"者,亦情感之一也。)

(二)思想

吾所谓"思想",盖兼见地、识力、理想三者而言之。思想不必皆赖文学而传,而文学以有思想而益贵。思想亦以有文学的价值而益资也。此庄周之文,渊明老杜之诗,稼轩之词,施耐庵之小说,所以夐绝于古也。思想之在文学,犹脑筋之在人身。人不能思想,则虽面目姣好,虽能笑啼感觉,亦何足取哉。文学亦犹是耳。

文学无此二物,便如无灵魂无脑筋之美人,虽有秾丽富厚之外观,抑亦未矣。近世文人沾沾于声调字句之间,既无高远之思想,又无真挚之情感,文学之衰微,此其大因矣。此文胜之害,所谓言之无物者是也。欲救此弊,宜以质救之。质者何,情与思二者而已。

二曰不模仿古人

文学者,随时代而变迁者也。一时代有一时代之文学。周秦有周秦之文学,汉魏有汉魏之文学,唐宋元明有唐宋元明之文学。此非吾一人之私言,乃文明进化之公理也。即以文论,有《尚书》之文,有先秦诸子之文,有司马迁班固之文,有韩柳欧苏之文,有语录之文,有施耐庵曹雪芹之文。此文之进化也。试更以韵文言之。击壤之歌,五子之歌,一时期也。三百篇之诗,一时期也。屈原荀卿之骚赋,又一时期也。苏李以下,至于魏晋,又一时期也。江左之诗流为排比,至唐而律诗大成,此又一时期也。老杜香山之"写实"体诸诗(如杜之《石壕吏》、《羌村》,白之《新乐府》),又一时期也。诗至唐而极盛,自此以后,词曲代兴。唐五代及宋初之小令,此词之一时代也。苏柳(永)辛姜之词,又一时代也。至于元之杂剧传奇,则又一时代矣。凡此诸时代,各因时势风会而变,各有其特长。吾辈以历史进化之眼光观之,决不可谓古人之文学皆胜于今人也。左氏史公之文奇矣。然施耐庵之《水浒传》视《左传》、《史记》,何多让焉。《三都》、《两京》之赋富矣。然以视唐诗宋词,则糟粕耳。此可见文学因时进化,不能自止。唐人不当作商周之诗,宋人不当作相如子云之赋。即令作之,亦必不工,逆天背时,违进化之迹,故不能工也。

既明文学进化之理,然后可言吾所谓"不摹仿古人"之说。今日之中国,当造今日之文学。不必摹仿唐宋,亦不必摹仿周秦也。前见国会开幕词,有云,"于铄国会,遵晦时休"。此在今日而欲为三代以上之文之一证也。更观今之"文学大家",文则下规姚曾,上师韩欧,更上则取法秦汉魏晋,以为六朝以下无文学可言,此皆百步与五十步之别而已,而皆为文学下乘。即令神似古人,亦不过为博物院中添几许"逼真赝鼎"而已,文学云乎哉。昨见陈伯严先生一诗云:

涛园钞杜句,半岁秃千毫。所得都成泪,相过问奏刀。万灵噤不下,此老仰弥高。胸腹回滋味,徐看薄命骚。

此大足代表今日"第一流诗人"摹仿古人之心理也。其病根所在,在于以"半岁秃千毫"之工夫作古人的钞胥奴婢,故有"此老仰弥高"之叹。若能洒脱此种奴性,不作古人的诗,而惟作我自己的诗,则决不致如此失败矣!

吾每谓今日之文学,其足与世界"第一流"文学比较而无愧色者,独有白话小说(我佛山人、南亭亭长、洪都百炼生三人而已。)一项。此无他故,以此种小说皆不事摹仿古人,(三人皆得力于《儒林外史》、《水浒》、《石头记》。然非摹仿之作也。)而惟实写今日社会之情状,故能成真正文学。其他学这个,学那个之诗古文家,皆无文学之价值也。今之有志文学者,宜知所从事矣。

三曰须讲求文法

今之作文作诗者,每不讲求文法之结构。其例至繁,不便举之,尤以作骈文律诗者为尤甚。夫不讲文法,是谓"不通"。此理至明,无待详论。

四曰不作无病之呻吟

此殊未易言也。今之少年往往作悲观。其取别号则曰"寒灰"、"无生"、"死灰"。其作为诗文,则对落日而思暮年,对秋风而思零落,春来则惟恐其速去,花发又惟惧其早谢。此亡国之哀音也。老年人为之犹不可,况少年乎。其流弊所至,遂养成一种暮气,不思奋发有为,服劳报国,但知发牢骚之音,感喟之文。作者将以促其寿年,读者将亦短其志气,此吾所谓无病之呻吟也。国之多患,吾岂不知之。然病国危时,岂痛哭流涕所能收效乎。吾惟愿今之文学家作费舒特,作冯志尼,而不愿其为贾生、王粲、屈原、谢皋羽也。其不能为贾生、王粲、屈原、谢枭羽，而徒为妇人醇酒丧气失意之诗文者，尤卑卑不足道矣！

五曰务去滥调套语

今之学者，胸中记得几个文学的套语，便称诗人。其所为诗文处处是陈言滥调，"蹉跎"、"身世"、"寥落"、"飘零"、"虫沙"、"寒窗"、"斜阳"、"芳草"、"春闺"、"愁魂"、"归梦"、"鹃啼"、"孤影"、"雁字"、"玉楼"、"锦字"、"残更"之类，累累不绝，最可惜厌。其流弊所至，遂令国中生出许多似是而非，貌似而实非之诗文。今试举一例以证之。

"荧荧夜灯如豆，映幢幢孤影，凌乱无据。翡翠衾寒，鸳鸯瓦冷，禁得秋宵几度。幺弦漫语，早丁字帘前，繁霜飞舞。袅袅余音，片时犹绕柱。"

此词骤观之，觉字字句句皆词也。其实仅一大堆陈套语耳。"翡翠衾"、"鸳鸯瓦"，用之白香山《长恨歌》则可，以其所言乃帝王之衾之瓦也。"丁字帘"、"幺弦"，皆套语也。此词在美国所作，其夜灯决不"荧荧如豆"，其居室尤无"柱"可绕也。至于"繁霜飞舞"，则更不成话矣。谁曾见繁霜之"飞舞"耶？

吾所谓务去滥调套语者，别无他法，惟在人人以其耳目所亲见、亲闻、所亲身阅历之事物，——自己铸词以形容描写之。但求其不失真，但求能达其状物写意之目的，即是工夫。其用滥调套语者，皆懒惰不肯自己铸词状物者也。

六曰不用典

吾所主张八事之中，惟此一条最受友朋攻击，盖以此条最易误会也。吾友江亢虎君来书曰：

"所谓典者，亦有广狭二义。饾饤獭祭，古人早悬为厉禁。若并成语故事而屏之，则非惟文字之品格全失，即文字之作用亦亡……文字最妙之意味，在用字简而涵意多。此断非用典不为功。不用典不特不可作诗，并不可写信，且不可演说。来函满纸'旧雨''虚怀'，'治头治脚'、'舍本逐末'、'洪水猛兽'、'发聋振聩'、'负弩先驱'、'心悦诚服'、'词坛'、'退避三舍'、'无病呻吟'、'滔天'、'利器'、'铁证'……皆典也。试尽抉而去之，代以俚语俚字，将成何说话。其用字之繁简，犹其细焉。恐一易他词，虽加倍蓰而涵义仍终不能如是恰到好处，奈何……"

此论极中肯要。今依江君之言，分典为广狭二义，分论之如下：

（一）广义之典非吾所谓典也。广义之典约有五种。

（甲）古人所设譬喻，其取譬之事物，含有普通意义，不以时代而失其效用者，今人亦可用之。如古人言"以子之矛攻子之盾"。今人虽不读书者，亦知用"自相矛盾"之喻。然不可谓为用典也，上文所举例中之"治头治脚"、"洪水猛兽"、"发聋振聩"……皆此类也。盖设譬取喻，贵能切当，若能切当，固无古今之别也。若"负弩先驱"、"退避三舍"之类，在今日已非通行之事物，在文人相与之间，或可用之，然终以不用为上。如言"退避"，千里亦可，百里亦可，不必定用"三舍"之典也。

（乙）成语　成语者，合字成辞，别为意义。其习见之句，通行已久，不妨用之。然今日若能另铸"成语"，亦无不可也。"利器"、"虚怀"、"舍本逐末"……皆属此类。非此"典"也，乃日用之字耳。

（丙）引史事　引史事与今所论议之事相比较，不可谓为用典也。如老杜诗云，"未闻殷周衰，中自诛褒妲"，此非用典也。近人诗云，"所以曹孟德，犹以汉相终"，此亦非用典也。

（丁）引古人作比　此亦非用典也。杜诗云，"清新复开府，俊逸鲍参军"，此乃以古人比今人，非用典也。又云，"伯仲之间见伊吕，指挥若定失萧曹"，此亦非用典也。

（戊）引古人之语　此亦非用典也。吾尝有句云，"我闻古人言，艰难惟一死"。又云，"'尝试成功自古无，放翁此语未必是'"。此乃引语，非用典也。

以上五种为广义之典，其实非吾所谓典也。若此者可用可不用。

（二）狭义之典，吾所主张不用者也。吾所谓"用典"者，谓文人词客不能自己铸词造句，以写眼前之景，胸中之意，故借用或不全切，或全不切之故事陈言以代之，以图含混过去。是谓"用典"。上所述广义之典，除戊条外，皆为取譬比方之辞。但以彼喻此，而非以彼代此也。狭义之用典，则全为以典代言，自己不能直言之，故用典以言之耳。此吾所谓用典与非用典之别也。狭义之典亦有工拙之别，其工者偶一用之，未为不可，其拙者则当痛绝之已。

（子）用典之工者　此江君所谓用字简而涵义多者也。客中无书不能多举其例，但杂举一二，以实吾言。

（1）东坡所藏仇池石，王晋卿以诗借观，意在于夺。东坡不敢不借，先以诗寄之，有句云，"欲留嗟赵弱，宁许负秦曲。传观慎勿许，间道归应速。"此用蔺相如返璧之典,何其工切也。

(2)东坡又有"章质夫送酒六壶,书至而酒不达"。诗云,"岂意青州六从事,化为乌有一先生"。此虽工已近于纤巧矣。

(3)吾十年前尝有读《十字军英雄记》一诗云,"岂有酰人羊叔予,焉知微服赵主父,十字军真儿戏耳,独此两人可千古"。以两典包尽全书,当时颇沾沾自喜,其实此种诗,尽可不作也。

(4)江亢虎代华侨诔陈英士文有"本悬太白,先坏长城。世无鉏霓,乃戕赵卿"四句,余极喜之。所用赵宣子一典,甚工切也。

(5)王国维咏史诗,有"虎狼在堂室,徒戎复何补。神州遂陆沉,百年委榛莽。寄语桓元子,莫罪王夷甫。"此亦可谓使事之工者矣。

上述诸例,皆以典代言,其妙处,终在不失设譬比方之原意。惟为文体所限,故譬喻变而为称代耳。用典之弊,在于使人失其所欲譬喻之原意。若反客为主,使读者迷于使事用典之繁,而转忘其所为设譬之事物,则为拙矣。古人虽作百韵长诗,其所用典不出一二事而已。("北征"与白香山"悟真寺诗"皆不用一典。)今人作长律则非典不能下笔矣。尝见一诗八十四韵,而用典至百余事,宜其不能工也。

(丑)用典之拙者 用典之拙者,大抵皆衷情之人,不知造词,故以此为躲懒藏拙之计。惟其不能造词,故亦不能用典也。总计拙典亦有数类:

(1)比例泛而不切,可作几种解释,无确定之根据。今取王渔洋"秋柳"一章证之。

"娟娟凉露欲为霜,万缕千条拂玉塘,浦里青行中妇镜,江于黄竹女儿箱。空怜板话隋堤水,不见琅琊大道王。若过洛阳风景地,含情重问永丰坊。"

此诗中所用诸典无不可作几样说法者。

（2）僻典使人不解。夫文学所以达意抒情也。若必求人人能读五车书，然后能通其文，则此种文可不作矣。
（3）刻削古典成语，不合文法。"指兄弟以孔怀，称在位以曾是"（章太炎语），是其例也。今人言"为人作嫁"亦不通。
（4）用典而失其原意。如某君写山高与天接之状，而曰"西接杞天倾"是也。
（5）古事之实有所指，不可移用者，今往乱用作普通事实。如古人灞桥折柳，以送行者，本是一种特别土风。阳关渭城亦皆实有所指。今之懒人不能状别离之情，于是虽身在滇越，亦言灞桥，虽不解阳关渭城为何物，亦皆"阳关三叠"、"渭城离歌"。又如张翰因秋风起而思故乡之莼羹鲈脍，今则虽非吴人，不知莼鲈为何味者，亦皆自称有"莼鲈之思"。此则不仅懒不可救，直是自欺欺人耳！

凡此种种，皆文人之不下功夫，一受其毒，便不可救。此吾所以有"不用典"之说也。

七曰不讲对仗

排偶乃人类言语之一种特性，故虽古代文字，如老子孔子之文，亦间有骈句。如"道可道，非常道；名可名，非常名。无名天地之始，有名万物之母。故常无，欲以观其妙；常有，欲以观其微"。此三排句也。"食无求饱，居无求安"。"贫而无谄，富无而骄"。"尔爱其羊，我爱其礼"。此皆排句也。然此皆近于语言之自然，而无牵强刻削之迹；尤未有定其字之多寡，声之平仄，词之虚实者也。至于后世文学末流，言之无物，乃以文胜。文胜之极，而骈文律诗兴焉，而长律兴焉。骈文律诗之中非无佳作，然佳作终鲜。所以然者何。岂不以其束缚人之自由过甚之故耶。（长律之中，上下古今，无一首佳作可言也。）今日而言文学改良，当"先立乎其大者"，不当枉废有用之精力于微细纤巧之末。此吾所以有废骈废律之说也。即不能废此两者，亦但当视为文学末技而已，非讲求之急务也。

今人犹有鄙夷白话小说为文学小道者。不知施耐庵、曹雪芹、吴趼人皆文学正宗，而骈文律诗乃真小道耳。吾知必有闻此言而却走者矣。

八曰不避俗语俗字

吾惟以施耐庵、曹雪芹、吴趼人为文学正宗，故有"不避俗字俗语"之论也（参看上文第二条下）。盖吾国言文之背驰久矣。自佛书之输入，译者以文言不足以达意，故以浅近之文译之，其体已近白话。其后佛氏讲义语录尤多用白话为之者，是为语录体之原始。及宋人讲学以白话为语录，此体遂成讲学正体。（明人因之。）当是时，白话已久入韵文，观唐宋人白话之诗词可见也。及至元时，中国北部已在异族之下，三百余年矣（辽、金、元）。此三百年中，中国乃发生一种通俗行远之文学。文则有《水浒》、《西游》、《三国》之类，戏曲曲则尤不可胜计。（关汉卿诸人，人各著剧数十种之多。吾国文人著作之富，未有过于此时者。）以今世眼光观之，则中国文学当以元代为最盛，可传世不朽之作，当以元代为最多。此可无疑也。当是时，中国之文学最近言文合一。白话几成文学的语言矣。使此趋势不受阻遏，则中国乃有"活文学出现"，而但丁、路得之伟业，（欧洲中古时，各国皆有俚语，而以拉丁文为文言，凡著作书籍皆用之，如吾国之以文言著书也。其后意大利有但丁诸文豪，始以其国俚语著作。诸国踵兴，国语亦代起。路得创新教始以德文译旧约新约，遂开德文学之先。英法诸国亦复如是。今世通用之英文新旧约乃一六一一年译本，距今才三百年耳。故今日欧洲诸国之文学，在当日皆为俚语。造诸文豪兴，始以"活文学"代拉丁之死文学。有活文学而后有言文合一之国语也。）凡发生于神州。不意此趋势骤为明代所阻，政府既以八股取士，而当时文人如何李七子之徒，又争以复古为高，于是此千年难遇言文合一之机会，遂中道夭折矣。然以今世历史进化的眼光观之，则白话文学之为中国文学之正宗，又为将来文学必用之利器，可断言也。（此"断言"乃自作者言之，赞成此说者今日未必甚多也。）以此之故，吾主张今日作文作诗，宜采用俗语俗字。与其用三千年前之死字（如"于铄国会，遵晦时休"之类），不如用二十世纪之活字。与其作不能行远不能普及之秦汉六朝文字，不如作家喻户晓之《水浒》、《西游》文字也。

结　论

上述八事，乃吾年来研思此一大问题之结果。远在异国，既无读书之暇晷，又不得就国中先生长者质疑问题，其所主张容有矫枉过正之处。然此八事皆文学上根本问题，一一有研究之价值。故草成此论，以为海内外留心此问题者作一草案。谓之刍议，犹云未定草也。伏惟国人同志有以匡纠是正之。

民国六年一月。

少 年 中 国 之 精 神

前番太炎先生，话里面说现在青年的四种弱点，都是很可使我们反省的。他的意思是要我们少年人：一、不要把事情看得太容易了；二、不要妄想凭借已成的势力；三、不要虚慕文明；四、不要好高骛远。这四条都是消极的忠告。我现在且从积极一方面提出几个观念，和各位同志商酌。

一、少年中国的逻辑

逻辑即是思想、辩论、办事的方法。一般中国人现在最缺乏的就是一种正当的方法。因为方法缺乏，所以有下列的几种现象：（一）灵异鬼怪的迷信，如上海的盛德坛及各地的各种迷信；（二）谩骂无理的议论；（三）用诗云子曰作根据的议论；（四）把西洋古人当作无上真理的议论；还有一种平常人不很注意的怪状，我且称他为"目的热"，就是迷信一些空虚的大话，认为高尚的目的；全不问这种观念的意义究竟如何；今天有人说："我主张统一和平"，大家齐声喝彩，就请他做内阁总理；明天又有人说："我主张和平统一"，大家又齐声叫好，就举他做大总统；此外还有什么"爱国"哪、"护法"哪、"孔教"哪、"卫道"哪……许多空虚的名词；意义不曾确定，也都有许多人随声附和，认为天经地义，这便是我所说的"目的热"。以上所说各种现象都是缺乏方法的表示。我们既然自认为"少年中国",不可不有一种新方法;这种新方法,应该是科学的方法;科学方法,不是我在这短促时间里所能详细讨论的,我且略说科学方法的要点:

第一注重事实。科学方法是用事实作起点的,不要问孔子怎么说,柏拉图怎么说,康德怎么说;我们须要先从研究事实下手,凡游历调查统计等事都属于此项。

第二注重假设。单研究事实,算不得科学方法。王阳明对着庭前的竹子做了七天的"格物"工夫,格不出什么道理来,反病倒了,这是笨伯的"格物"方法;科学家最重"假设(hypothesis)。观察事物之后,自说有几个假定的意思;我们应该把每一个假设所涵的意义彻底想出,看那意义是否可以解释所观察的事实?是否可以解决所遇的疑难?所以要博学。正是因为博学方才可以有许多假设,学问只是供给我们种种假设的来源。

第三注重证实。许多假设之中,我们挑出一个,认为最合用的假设;但是这个假设是否真正合用?必须实地证明。有时候,证实是很容易的;有时候,必须用"试验"方才可以证实。证实了的假设,方可说是"真"的,方才可用。一切古人今人的主张、东哲西哲的学说,若不曾经过这一层证实的工夫,只可作为待证的假设,不配认作真理。

少年的中国,中国的少年,不可不时时刻刻保存这种科学的方法,实验的态度。

二、少年中国的人生观

现在中国有几种人生观都是"少年中国"的仇敌:第一种是醉生梦死的

无意识生活，固然不消说了；第二种是退缩的人生观，如静坐会的人，如坐禅学佛的人，都只是消极的缩头主义。这些人没有生活的胆子，不敢冒险，只求平安，所以变成一班退缩懦夫；第三种是野心的投机主义，这种人虽不退缩，但为完全自己的私利起见，所以他们不惜利用他人，作他们自己的器具，不惜牺牲别人的人格和自己的人格，来满足自己的野心；到了紧要关头，不惜作伪，不惜作恶，不顾社会的公共幸福，以求达他们自己的目的。这三种人生观都是我们该反对的。少年中国的人生观，依我个人看来，该有下列的几种要素：

第一须有批评的精神。一切习惯、风俗、制度的改良，都起于一点批评的眼光；个人的行为和社会的习俗，都最容易陷入机械的习惯，到了"机械的习惯"的时代，样样事都不知不觉地做去，全不理会何以要这样做，只晓得人家都这样做故我也这样做，这样的个人便成了无意识的两脚机器，这样的社会便成了无生气的守旧社会，我们如果发愿要造成少年的中国，第一步便须有一种批评的精神；批评的精神不是别的，就是随时随地都要问我为什么要这样做？为什么不那样做？

第二须有冒险进取的精神。我们须要认定这个世界是很多危险的，定不太平的，是需要冒险的；世界的缺点很多，是要我们来补救的；世界的痛苦很多，是要我们来减少的；世界的危险很多，是要我们来冒险进取的。俗话说得好："成人不自在，自在不成人。"我们要做一个人，岂可贪图自在；我们要想造一个"少年的中国"，岂可不冒险；这个世界是给我们活动的大舞台，我们既上了台，便应该老着面皮，拚着头皮，大着胆子，干将起来；那些缩进后台去静坐的人都是懦夫，那些袖着双手只会看戏的人，也都是懦夫；这个世界岂是给我们静坐旁观的吗？那些厌恶这个世界梦想超生别的世界的人，更是懦夫，不用说了。

第三须要有社会协进的观念。上条所说的冒险进取,并不是野心的、自私自利的;我们既认定这个世界是给我们活动的,又须认定人类的生活全是社会的生活,社会是有机的组织,全体影响个人,个人影响全体,社会的活动是互助的,你靠他帮忙,他靠你帮忙,我又靠你同他帮忙,你同他又靠我帮忙;你少说了一句话,我或者不是我现在的样子,我多尽了一分力,你或者也不是你现在这个样子,我和你多尽了一分力,或少做了一点事,社会的全体也许不是现在这个样子,这便是社会协进的观念。有这个观念,我们自然把人人都看作通力合作的伴侣,自然会尊重人人的人格了;有这个观念,我们自然觉得我们的一举一动都和社会有关,自然不肯为社会造恶因,自然要努力为社会种善果,自然不致变成自私自利的野心投机家了。

少年的中国,中国的少年,不可不时时刻刻保存这种批评的、冒险进取的、社会的人生观。

三、少年中国的精神

少年中国的精神并不是别的,就是上文所说的逻辑和人生观;我且说一件故事做我这番谈话的结论:诸君读过英国史的,一定知道英国前世纪有一种宗教革新的运动,历史上称为"牛津运动"(Oxford movement),这种运动的几个领袖如客白尔(Keble)、纽曼(Newman)、福鲁德(Froude)诸人,痛恨英国国教的腐败,想大大的改革一番;这个运动未起事之先,这几位领袖做了一些宗教性的诗歌写在一个册子上,纽曼摘了一句荷马的诗题在册子上,那句诗是You shall see the difference now that weare back again!翻译出来即是:"如今我们回来了,你们看便不同了!"

少年的中国，中国的少年，我们也该时时刻刻记着这句话：

如今我们回来了，你们看便不同了！

这便是少年中国的精神。

（本文为1919年7月胡适在少年中国学会上的演讲，
原载1919年《少年中国》第1期）

中学生的修养与择业

今天我应该讲些什么？事先曾请教吴县长，师范刘校长和同来的几位朋友，他们以今天到场的大多数是青年朋友们，也有青年朋友的父兄，因此要我讲讲中等教育的东西。同时，我到过的地方，许多朋友常常问我中学生应注重什么？中学毕业后，升学的应该怎样选科？到社会里去的应该怎样择业？我是不懂教育的，不过年纪大些，并且自己也是经过中学大学过来的，同时看到朋友们与我们自己的子弟经过中学，得到一点认识，愿意将自己的认识提出来供大家的参考，今天讲的题目，就是："中学生的修养与中学生的择业"。

中学生的修养应注意两点：

一、工具的求得

中学生大概是从十二岁的幼年到十八岁的青年，这个时期是决定他将来最重要的一个时期。求知识与做人、做事的工具，要在这个时期求得。古人说："工欲善其事，必先利其器"，中学生要将来有成就，便应该注意到"求工具"——学业上、事业上、求知识上所需要的工具。求工具的目标有二：一是中学毕业后无力升学要到社会里去就业；一是继续升学。

第一种工具是语言文字。不论就业或升学,以我个人的经验和观察所得,语言文字是最需要的工具。在中学里不仅应该学好本国的语言文字,最好能多学一二种外国的语言文字。它是就业升学的钥匙,能为我们打开知识的门。多学得一种语言,等于辟开一个新的花园、新的世界。语言文字,可以说是中学时期应该求得的工具当中非常重要的了。在中学时期如果没有打好语言文字的基础,以后做学问非常的困难。而且过了这个时期,很少能够把语言文字弄好的。

第二种工具是科学的基本知识。许多人都说学了数学,将来没有什么用处,这是错误的。数学是自然科学重要的钥匙,如果不能把这个重要的钥匙——数学,与物理学、化学、生物学、矿物学、植物学等,在中学时期学好,则不能求得新的知识。所以中学时期最重要的,是把这些基本知识弄好。

青年们在学校里对于各种基本科学,不能当它是功课,是学校课程里面需要的功课,应该把它当成求知识、做学问、做人的工具,必不可少的工具。拿工具这个观念来看课程,课程便活了。拿工具这个观念来批评课程,可以得到一个标准。首先看看哪些功课够得上作工具,并分出哪些功课是求知识做学问的工具,哪些功课是做人的工具。哪些功课是重要,哪些功课是次要。同时拿工具这个观念来衡量,哪种教法是死的笨的,请先生改良,哪些应该特别注重,请先生注意。我这个话,不是叫学生对先生造反,而是请先生以工具来教,不要死板的照课本讲,这样推动先生,可以使得先生从没有精神提起精神,不是造反而是教学相长,不把功课当作功课看,把它当作必需的工具看。拿工具的观念看功课,功课便是活的,这一点也可以说是中学生治学的方法。

二、要养成良好的习惯

良好习惯的养成,即普通所谓的人品教育,品性人格的陶冶。教育学家心理学家都告诉我们说:人品性格是习惯的养成,好的品格是好的习惯养成。中学生是定型的阶段,中学生时期与其注重治学的方法,毋宁提倡良好的习惯的养成。一个人的坏习惯在中学还可纠正,假使在中学里不能养成良好的习惯,这个人的前途便算完了,在大学里不会是个好学生,在社会里不会是个有用的人才。我原在这里提醒青年学生们的注意,也请学生的父兄教师们注意。

我们的国家以前专注重文字教育,读书人的指甲蓄得很长,手脸都是白白的,行动是文绉绉的,读书可以从"学而时习之"背诵起,写文章摇摇摆摆地会写出许多好听的词句来,可是他们是无用的,不能动手,也不能动脚,连桌凳有一点坏了,也不能拿起斧头钉子来修理。这种只能背书写文章的读书人就是没有养成良好的习惯——动手动脚的习惯。

我在台湾大学讲《治学方法》时,讲到一个故事:宋时有一新进士请教老前辈做官的秘诀,老前辈告诉他四个字:勤谨和缓。这四个字大家称为做官的秘诀,我把它看作做人、做事、做学问的秘诀。简单的分别说:

勤,就是不偷懒,不走捷径,要切切实实,辛辛苦苦地去做。要用眼睛的用眼睛,用手的用手,用脚的用脚,先生叫你找材料,你就到应该到的地方去找。叫你找标本,你就到田野,到树林里去找,无论在实验室里,在自然界里,都不要偷懒,一点一滴的去做。

谨,就是谨慎,不粗心,不苟且,以江浙的俗话来说,不拆烂污。写汉字，一点、一横也不放过；写外国字，"i"的点、"t"的横，也一样不放过；做数学，一个圈、一个小数点都不苟且。不要以为这是小事情，做小事关系天下的大事，做学问关系成败，所以细心谨慎，是必须养成的习惯。

和，就是不要发脾气，不要武断，要虚心，要和和平平。什么叫做虚心？脑筋不存成见，不以成见来观察事实，不以成见来对待人。就做学问来说，要以心平气和的态度来做化学、数学、历史、地理，并以心平气和的态度来学语文。无论对事，对人，对物，对问题，对真理，完全是虚心的，这叫做和。

缓，这个字很重要，"缓"的意思是不要忙，不轻易下结论。如果没有缓的习惯，前面三个字就不容易做到。譬如找证据，这是很难的工作，如果限定几点钟交卷，就不能做到"勤"的工夫；忙于完成，证据不够，不管它了，这样就不能做到"谨"的工夫；匆匆忙忙地去做，当然不能做到"和"的工夫。所以证据不够，应当悬而不断，就是姑且先挂在那里，悬而不断，并不是叫你搁下就不管，是要你勤，要你谨，要你和。缓，就是南方人说的"凉凉去吧"，缓的意思，是要等着找到了充分的证据，然后根据事实来下判断。无论做学问、做事、做官、做议员，都是一样的。大家知道治花柳病的名药"六〇六"吧？什么叫"六〇六"呢？经过六百零六次的试验才成功的。"九一四"则试验了九百一十四次。达尔文的生物进化论，认为动植物的生存进化与环境有绝大的关系，也费了三十年的工夫，到四海去搜集标本和研究，并与朋友们往复讨论。朋友们都劝他发表，他仍然不肯。后来英国皇家学会收到另一位科学家华莱士的论文，其结论与达尔文的一样，朋友们才逼着达尔文把研究的结论公布，并提出与朋友们讨论的信件，来证明他早已获得结论，于是皇家学会才决定同华莱士的论文同时发表，达尔文这种持重的态度，不是缺点，是美德，这也是科学史上勤谨和缓的实例。值得我们去想想，作为榜样，尤其青年学生们要在中学里便养成这种习惯。有了这种好习惯，无论是做人做事做学问，将来不怕没有成就。

中学生高中毕业后，面临的问题是继续升学或到社会去找职业。升学应如何选科？到社会去如何择业？简单地说，有两个标准：

一、社会的标准。社会上所需要的，最易发财的，最时髦的是什么？这便是社会的标准。台湾大学钱校长告诉我说，今年台大招生，投考学生中外文成绩好的都投考工学院，尤其是考电机工程、机械工程的特多，考文史的则很少，因为目前社会需要工程师，学成后容易得到职业而且待遇好。这种情形，在外国也是一样的，外国最吃香的学科是原子能、物理学和航空工程，干这一行的，最受欢迎，最受优待。

二、个人的标准。所谓个人的标准，就是个人的兴趣、性情、天才近哪门学科，适于哪一行业。简单地说，能干什么。社会上需要工程师，学工程的固不忧失业，但个人的性情志趣是否与工程相合？父母兄长爱人都希望你学工程，而你的性情志趣，甚至天才，却近于诗词、小说、戏剧、文学，你如迁就父母兄长爱人之所好而去学工程，结果工程界里多了一个饭桶，国家社会失去了一个第一流的诗人、小说家、文学家、戏剧学家，不是可惜了吗？所以个人的标准比社会的标准重要。因为社会标准所需要的太多，中国人常说社会职业有三百六十行，这是以前的说法，现在何止三百六十行，也许三千六百行，三万六千行都有，三千六百行，三万六千行，行行都需要。社会上需要建筑工程师、需要水利工程师、需要电力工程师、也需要大诗人、大美术家、大法学家、大政治家，同时也需要做新式马桶的工人。能做新式马桶的，照样可以发财。社会上三万六千行，既是行行都需要，一个人决不可能会做每行的事，顶多会二三行，普通都只能会一行的。在这种情形之下，试问是社会的标准重要？还是个人的标准重要？当然是个人的重要！因此选科择业不要太注重社会上的需要，更不要迁就父母兄长爱人的所好。爸爸要你学赚钱的职业，妈妈要你学时髦的职业，爱人要你学社会上有地位的职业，你都不要管他，只问你自己和性情近乎什么？自己的天才力量能做什么？配作什么？要根据这些来决定。

历史上在这一方面，有很好的例子，意大利的伽利略是科学的老祖宗，是新的天文学家，新的物理学家的老祖宗。他的父亲是一个数学家，当时学数学的人很倒霉。在伽利略进大学的时候（三百多年前），他父亲因不喜欢，所以要他学医，可是他读医科，毫无兴趣，朋友们以他的绘画还不坏，认为他有美术天才，劝他改学美术，他自己也颇以为然。有一天他偶然走过雷积教授替公爵府里面做事的人补习几何学的课室，便去偷听，竟大感兴趣，于是医学不学了，画也不学了，改学他父亲不喜欢的数学。后来替全世界创立了新的天文学、新物理学，这两门学问都建筑于数学之上。

最后说我个人到外国读书的经过，民国前二年，考取官费留美，家兄特从东三省赶到上海为我送行，以家道中落，要我学铁路工程，或矿冶工程，他认为学了这些回来，可以复兴家业，并替国家振兴实业。不要我学文学、哲学，也不要学做官的政治法律，说这是没有用的。当时我同许多人谈过这个问题。以路矿都不感兴趣，为免辜负兄长的期望，决定选读农科，想做科学的农业家，以农报国。同时美国大学农科，是不收费的，可以节省官费的一部分，寄回补助家用。进农学院以后第三个星期，接到实验系主任的通知，要我到该系报到实习。报到以后，他问我："你有什么农场经验？"我说："我不是种田的。"他又问我："你做什么呢？"我说："我没有做什么，我要虚心来学，请先生教我。"先生答应说:"好。"接着问我洗过马没有,要我洗马。我说:"我们中国种田,是用牛不是用马。"先生说:"不行。"于是学洗马,先生洗一半,我洗一半。随即学驾车,也是先生套一半,我套一半。作这些实习,还觉得有兴趣。下一个星期的实习,为苞谷选种,一共有百多种,实习结果,两手起了泡,我仍能忍耐,继续下去,一个学期结束了,各种功课的成绩,都在八十五分以上。到了第二年,成绩仍旧维持到这个水准。依照学院的规定,各科成绩在八十五分以上的,可以多选两个学分的课程,于是增选了种果学。起初是剪树、接种、浇水、捉虫,这些工作,也还觉得有兴趣。在上种果学的第二学期,有两小时的实习苹果分类,一张长桌,每个位子分置了四十个不同种类的苹果,一把小刀,一本苹果分类册,学生们须根据每个苹果的长短、开花孔的深浅、颜色、形状、果味和脆软等标准,查对苹果分类册,分别其类别(那时美国苹果有四百多类,现恐有六百多类了)、普通名称和学名。美国同学都是农家子弟,对于苹果的普通名称一看便知,只需在苹果分类册里查对学名,便可填表缴卷,费时甚短。我和一位郭姓同学则需一个一个的经过所有检别的手续,花了两小时半,只分类了二十个苹果,而且大部分是错的。晚上我对这种实习起了一种念头:我花了两小时半的时间,究竟是在干什么?中国连苹果种子都没有,我学它什么用处?自己的性情不相近,干吗学这个?这两个半钟头的苹果实习使我改行,于是,决定离开农科。放弃一年半的时间(这时我已上了一年半的课)牺牲了两年的学费,不但节省官费补助家用已不可能,维持学业很困难,以后我改学文科,学哲学、政治、经济、文学,在没有回国时,以前与朋友们讨论文学问题,引起了中国的文学革命运动,提倡白话,拿白话作文,作教育工具,这与农场经验没有关系,苹果学没有关系,是我那时的兴趣所在。我的玩意儿对国家贡献最大的便是文学的"玩意儿",我所没有学过的东西。最近研究《水经注》(地理学的东西)。我已经六十二岁了,还不知道我究竟学什么?都是东摸摸,西摸摸,也许我以后还要学学水利工程亦未可知，虽则我现在头发都白了，还是无所专长，一无所成。可是我一生很快乐，因为我没有依社会需要的标准去学时髦。我服从了自己的个性，根据个人的兴趣所在去做，到现在虽然一无所成，但是我生活的很快乐，希望青年朋友们，接受我经验得来的这个教训，不要问爸爸要你学什么，妈妈要你学什么，爱人要你学什么。要问自己性情所近，能力所能做的去学。这个标准很重要，社会需要的标准是次要的。

赠予今年的大学毕业生

这一两个星期里,各地的大学都有毕业的班次,都有得多的毕业生离开学校去开始他们的成人事业。

学生的生活是一种享有特殊优待的生活,不妨幼稚一点,不妨吵吵闹闹,社会都能纵容他们,不肯严格的要他们负行为的责任。现在他们要撑起自己的肩膀来挑他们自己的担子了。在这个国难最紧急的年头,他们的担子真不轻!我们祝他们的成功,同时也不忍不依据自己的经验,赠他们几句送行的赠言——虽未必是救命毫毛,也许做个防身的锦囊罢!

你们毕业之后,可走的路不出这几条:绝少数的人还可以在国内或国外的研究院继续做学术研究;少数的人可以寻着相当的职业;此外还有做官、办党、革命三条路;此外就是在家享福或者失业亲居了。

第一条继续求学之路,我们可以不讨论。走其余几条路的人,都不能没有堕落的危险。堕落的方式很多,总括起来,约有这两大类:

第一是容易抛弃学生时代求知识的欲望。你们到了实际社会里,往往学非所用,往往所学全无用处,往往可以完全用不着学问,而一样可以胡乱混饭，混官吃。在这种环境里即使向来抱有求知识学问的人，也不免心灰意懒，把求知的欲望渐渐冷淡下去。况且学问是要有相当的设备的；书籍，实验室，师友的切磋指导，闲暇的工夫，都不是一个平常要糊口养家的人的能容易办到的。没有做学问的环境，又谁能怪我们抛弃学问呢？

第二是容易抛弃学生时代理想的人生的追求。少年人初次和冷酷的社会接触，容易感觉理想与事实相去太远，容易发生悲观和失望。多年怀抱的人生理想，改造的热诚，奋斗的勇气，到此时候，好像全不是那么一回事了。渺小的个人在那强烈的社会炉火里，往往经不起长时期的烤炼就熔化了，一点高尚的理想不久就幻灭了。抱着改造社会的梦想而来，往往是弃甲抛兵而走，或者做了恶势的俘虏。你在那牢狱里，回想那少年气壮时代的种种理想主义，好像都成了自误误人的迷梦！从此以后，你就甘心放弃理想人生的追求，甘心做现在社会的顺民了。

要防御这两方面的堕落，一面要保持我们求知识的欲望，一面要保持我们对人生的追求。

有什么好方法子呢？依我个人的观察和经验，有三种防身的药方是值得一试的。

第一个方子只有一句话："总得时时寻一两个值得研究的问题！"

问题是知识学问的老祖宗；古往今来一切知识的产生与积聚，都是因为要解答问题——要解答实用上的困难和理论上的疑难。所谓"为知识而求知识"，其实也只是一种好奇心追求某种问题的解答，不过因为那种问题的性质不必是直接应用的，人们就觉得这是无所谓的求知识了。

我们出学校之后，离开了做学问的环境，如果没有一二个值得解答的问题在脑子里盘旋，就很难保持求学问的热心。可是，如果你有了一个真有趣的问题逗你去想他，天天引诱你去解决他，天天对你挑衅笑你无可奈何他——这时候，你就会同恋爱一个女子发了疯一样，坐也坐不下，睡也睡不安，没工夫也得偷出工夫去陪她，没钱也得缩衣节食去巴结她。没有书，你自会变卖家私去买书；没有仪器，你自会典押衣物去置办仪器；没有师友，你自会不远千里去寻师访友。你只要有疑难问题来逼你时时用脑子，你自然会保持发展你对学问的兴趣，即使在最贫乏的知识中，你也会慢慢地聚起一个小图书馆来，或者设置起一所小试验室来。所以我说，第一要寻问题。脑子里没有问题之日，就是你知识生活寿终正寝之时！古人说，"待文王而兴者，凡民也。若夫豪杰之士，虽无文王犹兴。"试想伽利略（Galileo）和牛顿（Newton）有多少藏书？有多少仪器？他们不过是有问题而已。有了问题而后他们自会造出仪器来解决他们的问题。没有问题的人们，关在图书馆里也不会用书，锁在试验室里也不会有什么发现。

第二个方子也只有一句话："总得多发展一点非职业的兴趣。"

离开学校之后，大家总是寻个吃饭的职业。可是你寻得的职业未必就是你所学的，未必是你所心喜的，或者是你所学的而和你性情不相近的。在这种情况之下，工作往往成了苦工，就不感觉兴趣了。为糊口而做那种非"性之所近而力之所能勉"的工作，就很难保持求知的兴趣和生活的理想主义。最好的救济方法只有多多发展职业以外的正当兴趣与活动。

一个人应该有他的职业，也应该有他非职业的玩意儿，可以叫做业余活动。往往他的业余活动比他的职业还更重要，因为一个人成就怎样，往的脾热瘟的治疗药苗，每年替法国农家减除了二千万佛朗的大损失；又发明了疯狗咬毒的治疗法，救济了无数的生命。所以英国的科学家赫胥黎（Huxley）在皇家学会里称颂巴斯德的功绩道："法国给了德国五十万万佛朗的赔款，巴斯德先生一个人研究科学的成绩足够还清这一笔赔款了。"巴斯德对于科学有绝大的信心，所以他在国家蒙奇辱大难的时候，终不肯抛弃他的显微镜与试验室。他绝不想他的显微镜底下能偿还五十万万佛朗的赔款，然而在他看不见想不到的时候，他已收获了科学救国的奇迹了。

朋友们，在你最悲观失望的时候，那正是你必须鼓起坚强的信心的时候。你要深信：天下没有白费的努力。成功不必在我，而功力必不唐捐。